주머니 속 그리스 신화

주머니 속 그리스 신화

초판 찍은 날 2007년 11월 30일
초판 펴낸 날 2007년 11월 30일

지은이 야마다 무네무쯔
일러스트 나카우마 히로후미
옮긴이 박옥선
펴낸이 김낙봉
편집 권민지
디자인 viewmark.co.kr

펴낸 곳 가라뫼출판사
등록 번호 제2006-5호
등록 일자 2006년 3월 15일
주소 서울시 마포구 동교동 159-6 파라다이스텔 1004호(우121-816)
전화 02-322-5969, 031-902-6727
팩스 02-6008-6134
E-mail laejoo@naver.com

ISBN 978-89-958074-5-3 02800

값 9,000원

주머니 속
그리스 신화

야마다 무네무쯔 지음 · 나카우마 히로후미 그림 · 박옥선 옮김

가라뫼

마케도니아

▲ 올림포스 산

테살리아   ▲ 펠

파르나소스 산 ▲ 보이
● 델포이

이타키 섬

아카이아   ● 메코네
         ▲ 키레네 산   코린트
아르카디아   ● 미케
      ● 아르고스

펠로폰네소스

● 스피

이오니아 해

그리스 신화 시대 신들의 주요 활동 무대

먼 옛날 아무것도 없던 시절, 암흑으로 가득 찬 우주 공간 아래 신들이 세상을 지배했다. 그리고 변화무쌍한 삶속에 하늘의 별 만큼이나 많은 이야기들을 남겼다.

그리스 신화Greek mythology는 우리의 기억이 닿지 않는 먼 과거를 읽을 수 있는 역사의 다락방과 같은 의미로, 또는 신화 그 자체의 의미로 오랫동안 존재해 왔다. 또한 그리스 신화는 많은 고대 신화 중에서 가장 잘 보전된 신화라고 할 수 있으며 서양 철학의 근저에 매우 깊이 자리하고 있다.

신화의 전승자이자 학자인 헤시오도스Hesiodos와 호메로스Homeros에 의해서 지금의 형태로 정리된 것이 가장 광범위하고 다양한 이야기들을 함축하고 있으며 정통성이 있다고 보여진다.

    그 이야기들이 인류 문화사에 끼친 연관성을 생각하며 신화와 함께 보낸 시간들은 필자에게 매우 풍요로운 경험이었다. 덧붙인 해설편이 그리스 신화를 이해하는 데 도움이 되길 바란다.

야마다 무네무쯔

옮긴이의 말

　그리스 신화는 늘 나에게, 넓고 깊은 미지의 바다처럼 혹은 얽혀버린 아름다운 비단 실타래처럼 흥미롭지만 혼란스럽고, 신비롭지만 어렵기 그지없는 이야기보따리 같았다.

　어느 날 역자에게 다가온 이 조그만 책은 그리스 신화에 대한 선명한 그림을 제시해주었을 뿐만 아니라 저자의 냉철한 역사관 역시 가슴 뭉클한 경험이었다.

　'서기 720년에 완성된 《일본서기》는 작위가 많다. 특히 조선반도 및 그 주변 국가와 일본과의 관계를 고의적으로 왜곡하고 있는 부분이 있다. 타국과의 관계를 역사적으로 왜곡되게 기술하면 일본 역사도 정통성을 잃게 된다. 나는 이러한 오류에 대한 안타까움으로 일본서기 주석 작업을 진행하고 있다.' [1]라고 일본의 주요 역사를 기록한 일본

---

1) 역자가 보낸 편지에 대해 야마다 무네무쯔 박사가 보내온 답장의 한 부분.

서기에 대해 언급하며 자신의 역사관과 국가관을 밝히고 있다. 그의 냉철한 소신은 본 저작에 있어서도 탁월한 연구와 정확한 구성력으로 나타나면서 한층 책의 가치와 아름다움을 높여주고 있다.

그는 환상적이고 문학적인 '그리스 신화'라는 독특한 장르로 인류 역사와 자연, 그리고 문화의 한 부분을 흥미로운 연대기로 구성하여 독자들에게 선사하고 있다. 이 책은 꿈속의 이야기인 듯 시작되어 우리가 일상에서 경험하는 감성의 곡선을 지나기도 하고 인간으로서는 가능하지 않은 무한의 세계로 자유로운 여행을 하게 한다.

(1) 그리스 신화의 정의

그리스 신화란, 자연세계의 탄생과 신비로움, 문화, 철학, 종교적 의식 등이 고대 그리스 시대로부터 전해오는 신과 영웅들의 상징적 의미와 활약상으로 어우러진 이야기들의 집합이다. 즉, 그리스 반도의 고대 전설과 민화를 엮은 그리스 구전 문학작품의 총칭이라고 할 수 있다.

그리스 신화의 가장 오래되고 정통성 있는 작품적 배경은 주로 트로이 전쟁에 대해 서술한 호메로스의 2대 서사시 《일리아드와 오디세이Iliad and Odyssey》와 세상의 창시와 통치자들의 연대기, 인류의 고통과 제물의식 등을 묘사한 헤시오도스의 《신통기Theogony》와 《일과 나날Works and Days》이다.

로마 신화에서는 그리스 신화의 주인공들이 로마식 표기법으로 소개되었으며, 그리스 신화는 세계의 여러 신화 가운데서도 가장 내용이 광대하고 무한한 문학적 가치와 재료를 제공하고 있다. 슐리만(독일의 고고학자)의 고고학적 분석을 통하여 기원전 2000년경의 그리스와 크레타 섬, 소아시아(지금의 터키)의 청동기 문명에 대한 실상이 역사학적으로 급진전을 보이며 알려지게 되었다.

그리스 신화는 호메로스나 헤시오도스의 작품 이외에

도 여러 학자와 서사 시인들의 활약으로 이루어졌으며, 미케네 시대에 그 기초가 만들어지고 기록되기 시작했다.

그리스 어를 말하는 민족이 그리스 반도에 정착을 시작한 것은 기원전 3000년경의 일로, 인도·유럽 어족에 속하는 그리스 어와 함께 이미 원주지에 정립되어 있던 전설들을 묻혀서 이동한 것으로 알려져 있다.

그러므로 원주민 신화를 기초로 하고 그리스 반도로의 이동을 통해 미케네, 크레타, 히타이트(시리아 북부를 무대로 BC 2000년경 활약했던 인도 유럽계 민족), 페니키아, 이집트, 메소포타미아 문명 등과 혼합되고 서로 영향을 주고받았을 것으로 보인다. 이는 그리스 신화의 이야기들이 이러한 지역의 신화들과 유사한 점을 많이 가지고 있다는 것을 통해 더욱 명확히 확인된다.

이와 같이 그리스 신화는 역사 속에서 무궁무진한 이야기거리를 제공하는 화로와 같은 역할을 하며 꾸준히 여러 철학자와 서사 시인들의 작품, 예술품, 신전 등의 건축물 안에서 새롭게 탄생되고 다듬어졌다.

(2) 그리스 신화의 의미

그리스 신화는 다양한 편집 형태로 읽혀져 왔다. 특히 서양에서는 인류 문명과 사고의 발달, 그리고 문화적 배경의 원천적인 이해를 위한 필수 도서로 손꼽히고 있다. 현대 서구 언어 발달과 구성에서 그리스 신화는 지대한 영향력과 의미를 가지고 있고 유럽 문명과 문화, 문학, 미술 등에 끼친 그 영향은 실로 무궁무진하다 할 수 있다.

그리스 신화에서 '신神'이라 함은 종교적 의미의 '신'과는 전혀 다른 뜻이다. 이를테면 사람들에게 '사랑', '참선' 혹은 '해탈'을 일깨워 주고, 삶과 죽음에 대한 예지와, 죄의 용서와, 자비를 발현하는 전지전능한 종교적 의미의 '신'이 아니다.

그리스 신화에서의 '신'이란 태초부터 진행되어 온 수

많은 자연의 변화와 역사, 사고의 발달과 흐름을 '신'들로 상징화하고 초인적인 힘과 동시에 사람들의 감성을 불어넣어 재미있게 만든, 역사의 반영이라고 할 수 있다.

신화란 어떤 지역 고유의 민화와 전설을 바탕으로 오랜 세월에 걸쳐 사람에 의해서 전해지고, 그 사람들이 살아온 역사적 배경과 혼합되고 정치 문화적으로 영향을 끼친, 인류 문화와 문명의 자료상자와 같은 것이다.

그리스 신화를 단지 막강한 힘을 가진 신들의 암투라든지 불가능이란 없던 신들의 꿈꾸는 이야기일 뿐이라고 생각한다면 그리스 신화는 그 고유의 매력을 잃어버리고 하나의 허구로만 남아버릴 것이다.

차 례

Ⅲ. 영웅 시대

Ⅳ. 해설편

일러두기

– 이 책은 그리스 신화의 핵심과 의미를 한눈에 쉽게 이해할 수 있게 씌어졌습니다.

– 중요 이름 및 지명에는 알파벳 원어를 붙였으며, 그 표기와 한글음은 원발음을 중시 하면서 공인된 백과사전을 참조했습니다.

– 뒷장에 다시 설명이 따르거나 비중성이 작은 신은 탄생 배경, 다른 신과의 관계 등을 일부 생략했습니다.

– 그러나 전체 독서 후에는 자연스레 이해할 수 있도록 했습니다.

– 신화의 내력, 신들 간의 관계만이 아닌 신과 인간의 정서적 교류, 인류사에 대한 기 여 등도 더불어 알 수 있게 했습니다.

세상의 시작에 관한
그리스 신화의 여러 해석들

① 처음에 하천의 신 오케아노스Okeanos가 있었다. 세계를 품고 흐르는 대양에서 많은 아이가 태어났다. 그 모친은 테티스Tethys였다. 그러나 그리스 신화에는 또 다른 몇 개의 전승傳承이 있다.

② 처음에 천궁天宮의 신 우라노스Uranus가 있었다. 대지大地의 모신母神 가이아Gaia와 결혼해서 100개의 팔을 가진 거인 족 헤카톤케이르Hekatoncheir를 낳는다.

③ 검은 날개를 가진 깊은 밤의 여신 닉스Nyx가 바람의 신에 의하여 암흑의 태내에서 은색의 알을 품게 되었다. 이 알에서 에로스Eros와 파네스Phanes가 태어나서 우주의 온갖 생명들이 탄생되도록 한다.

④ 처음에 혼돈混沌의 신 카오스Chaos가 있었다. 그 다음엔 깊고 넓은 영원한 대지의 여신 가이아가 태어났다. 카오스에서 어두움의 신 에레보스Erebus와 밤의 여신 닉스가 태어나고 그 두 신이 다시 결합하여 대기의 신 아

이테르Aither와 낮의 여신 헤메라Hemera를 생산했다. 대지의 모신 가이아는 천궁 우라노스와 바다의 신 폰토스Pontos를 만든다.

이와 같이 그리스 신화에는 시작부터 이미 상당히 차이를 가진 서로 다른 전승들이 있다. 이러한 다양한 전승들을 일관성 있게 정리하는 것은 쉬운 일이 아닐 것이다.

이 신비로운 세계로의 여행을 통해 이 책이 어떤 전승을 취하고 있는지를 재발견하면서 그리스 신화가 주는 의미와 즐거움을 만끽해보자.

I

올림포스 이전의 신화

대지 모신母神 가이아와
하늘의 신 우라노스

처음에 혼돈의 신 카오스가 있었고 그 다음엔 깊고 넓은 영원한 대지의 여신이자 자연의 모신인 가이아가 태어났다. 그리고 카오스에서 어두움의 신 에레보스와 깊은 밤의 여신 닉스가 태어나서 그 두 신이 결합하여 대기의 신 아이테르, 그리고 낮의 여신 헤메라를 생산했다.

그렇게 빛, 대기, 낮, 밤이 생겨나고, 가이아는 대지를 감싸는 하늘의 신, 즉 천궁天宮의 신 우라노스와 바다의 신 폰토스를 만든다. 우라노스는 수많은 별들을 자아내고 밤이 되면 대지의 여신 가이아를 포용하러 온다.

그래서 우라노스와 가이아에게서 여섯의 아들과 여섯의 딸들, 그리고 외눈 거인, 백완百腕(팔이 100개인) 거인들

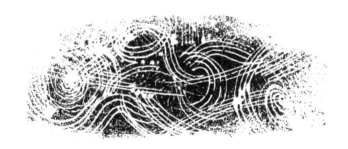

이 자식으로 생기게 되었다.[2] 그러나 우라노스는 가이아에게서 자식들이 세상으로 나오는 걸 싫어하여 가이아의 몸속, 즉 대지의 깊은 곳에 아이들을 감추었다.

가이아는 그 아이들의 무게에 신음하며 고통의 세월을 보낸다. 어느 날 그녀는 자신의 세계인 대지에서 온갖 무쇠를 합하여 예리한 낫을 만들었다.

"나의 자식들아! 너희에게 할 말이 있으니, 너희 아버지 우라노스가 바로 너희를 태어나지 못하게 하는 잔인한 생각을 한 장본인이다. 내가 더 이상은 너희를 가두어 둔 채 나날이 가중되는, 이 끔찍한 고통을 참을 수 없어 너희 아버지 우라노스를 벌하려 하니 도와다오." 라고 하였다.

"어머니 제가 하겠습니다." 하고 막내아들 크로노스 Cronos가 말하였다. 가이아는 낫을 크로노스에게 주고 숨어

---

2) 헤시오도스에 의하면 가이아가 먼저 낳은 자손들은 모두 열둘이고 그 자손들과 그 외 자손들 모두를 통틀어 티탄Titan(거인) 족이라 부른다.
   • 아들 – 오케아노스Okeanos, 코이오스Coeus, 크리오스Crios, 히페리온Hyperion, 이아페투스Iapetus, 크로노스Cronos
   • 딸 – 테이아Theia, 레아Rhea, 테미스Themis, 므네모시네Mnemosyne, 포이베Phoebe, 테티스Tethys
   그 외 외눈 거인 키클로페스Kyklopes 3형제(맏이는 브론테스Brontes 천둥, 둘째는 스테로페스Steropes 번개, 셋째는 아르게스Arges 벼락), 백완 거인 헤카톤케이르Hekatoncheir 3형제를 낳는다.

기다릴 곳을 알려주었다. 밤이 되어 우라노스가 다시 대지를 덮칠 때 대지의 여신의 몸에 숨어 있던 크로노스는 우라노스를 급습해 그의 성기를 끊어 바다에 던져버렸다. 이 때부터 하늘과 땅이 정을 나누는 일이 없어졌다. 크로노스는 연대기chronology라는 단어의 어원이 되며 과거·현재·미래로 이어지는 무한하고 영원한 시간을 뜻한다.

레아와 크로노스의 시대

크로노스의 시대가 시작된다. 우라노스와 가이아의 자식들 중 크로노스와 레아Rhea가 결혼했다. 가이아는 크로노스에게 "너 또한 결국엔 자식에게 주권을 빼앗기게 될

비극적 운명이다."라고 예언한다. 그 말을 들은 크로노스는 아버지와 같은 비운이 자신을 덮칠까 두려워한 나머지 매번 태어나는 자식들을 차례로 마셔버렸다.

이에 노한 레아는 슬퍼하며 "어떻게 하면 남편 모르게 아이를 낳을 수 있을까, 또 어떻게 하면 이미 마셔버린 아이들(헤스티아, 데메테르, 헤라, 하데스, 포세이돈)을 구할 수 있을까." 고민하다가 가이아에게 의논한다. 가이아는 딸의 이야기를 듣고 여섯 째 아이를 회임했을 때 레아를 크레타Creta 섬(에게 해 남쪽)으로 보내어 아무도 모르게 출산시켰다.

이곳에서 레아는 여섯 째 아이 제우스Zeus를 낳은 후 산 속의 동굴에 감추었다. 레아는 제우스 대신 강보에 돌을 넣어 크로노스에게 주었다. 크로노스는 그것이 갓 태어난 아이인줄 알고 들이켜버린다.

주신主神 제우스의 등장

그렇게 아버지 크로노스 몰래 태어난 제우스는 성장하여 사촌 누이인 예지의 여신 메티스Metis(대양의 신 오케아노스와 그 여동생인 테티스 사이에 난 딸)와 만나게 되고 그

도움으로 어머니 레아와도 만나게 된다. 이때 메티스는 지혜롭게 토하는 약을 만들어 크로노스에게 먹게 했다.

약을 마신 크로노스는 마지막으로 삼켰던 돌과 함께 뱃속에 가두어 두었던 아이들을 전부 토해냈다. 세상에 나온 형제들은 그 고마움에 용기 있는 제우스에게 지휘권을 주어 아버지 크로노스와 그의 12형제들이자 지지자인 티탄족을 타도하기로 결정한다.

티타노마키아Titanomachia라고 불리는 이 싸움은 10년 동

안 계속되었다. 티탄 족은 오트리스 산에, 제우스는 올림포스Olympos 산(그리스 북부)에 각각 정착하며 서로 대치하게 되었다. 대지의 모신 가이아는 손자 제우스에게 그동안 깊숙이 가두어 두었던 아들 헤카톤케이르와 외눈 거인 키클로페스Kyklopes를 같은 편으로 받아들이면 승리할 것이라고 말했다.

타이탄 족에서 제우스의 편으로 돌아선 3인의 백완 거인 헤카톤케이르는 모두 300개의 손으로 돌을 던져 티탄 족을 돌 속에 파묻어 타르타로스Tartaros(지하 명계의 가장 밑에 있는 세계)에 유폐했다. 한편 키클로페스 3형제는 엄청난 무기들을 레아의 자손들에게 주었는데, 제우스에게는 천둥 번개를, 하데스Hades에게는 모습을 감출 수 있는 투구를, 포세이돈Poseidon에게는 세 갈래로 된 창을 주었다.

하데스는 그 모습을 숨기고 보이지 않는 힘으로 크로노스의 무기를 탈환하고, 포세이돈은 삼지창으로, 제우스는 뇌정(천둥과 벼락)으로 아버지 크로노스를 공격하여 결국 승리했다. 그 후 이 3형제는 제우스가 하늘, 포세이돈은 바다를, 하데스는 명계冥界를 나누어 지배하기로 했다.

그 후로부터 그리스 신화에서 세계는 제우스 지배 하에 모든 것이 전개된다. 여기쯤에서 인간을 둘러싸고 제우스와 프로메테우스Prometheus(티탄 족 이아페토스의 아들) 간의 싸움이 일어나게 된 이야기를 해보자.

인간의 영원한 아군
프로메테우스 신

프로메테우스는 인간을 매우 사랑한 신이었다. 메코네 Mekone(펠로폰네소스 반도 북동부로 지금의 시키온)의 봉헌식에서 소의 어느 부위를 신들에게 바치고 또 어느 부위를 인간에게 나눠주어야 하는가 하는 예물에 관한 의견에 차이가 생겼을 때 프로메테우스가 그 결정권을 갖게 되었다.

그는 맛있는 고기와 내장을 하찮게 보이는 위胃주머니에 넣은 것과 소뼈를 두터운 기름덩이 속에 넣은 것을 제우스에게 보여주었다. 제우스는 둘 중에서 크고 두꺼운 기름 덩어리를 고르게 된다.

속은 것을 안 제우스는 노하여 인간에게는 불을 주지 않기로 하고 "인간은 고기를 생것으로 먹으라."고 했다. 그러자 프로메테우스는 아테나Athena(제우스와 메티스 사이의 딸로 아테네의 수호신)에게 부탁하여 몰래 올림포스로 들어가서 태양신의 이글거리는 이륜차 바퀴에서 불티를 훔친 후 초목가지에 불을 붙여 인간에게 주었다.

격노한 제우스는 프로메테우스를 코카서스Kavkaz 산(터키와 러시아 사이)에 쇠사슬로 묶었다. 낮에는 매가 와서 그의 내장을 찢어 먹고 밤에는 육신이 재생되는 벌에 처해진 프로메테우스는 매일 죽음과 같은 고통을 맛보아야 했다.

판도라의 상자

프로메테우스를 처벌했으나 제우스 대신의 노여움은 풀리지 않았다. 제우스는 손재주가 많은 대장장이 신 헤파이스토스Hephaistos(헤라의 아들)에게 진흙을 다져서 부끄럼을 타는 아가씨 형상을 갖추게 한다.

이 아가씨에게 아테나는 은실로 짠 아름다운 허리 벨트를 장식하고 음악에 대한 재주를 불어 넣었으며, 아프로디

테Aphrodite(로마식은 Venus)는 머리타래를 사랑스럽게 꾸미고 다른 사람의 마음을 녹일 수 있게끔 매혹적으로 빛나게 했다. 또 헤르메스Hermes(제우스와 거인 아틀라스의 딸인 마이아 사이의 자식)는 그녀에게 사람들의 마음을 움직일 수 있는 설득력을 갖게 한다. 이 아가씨의 이름을 판도라Pandora라고 했다. 판도라란 영어로 얘기하자면 all-gifted, 즉 선물을 받은 혹은 '재능을 타고 난' 이라는 뜻이다.

제우스는 헤르메스에게 일러 판도라를 프로메테우스의 동생 에피메테우스Epimetheus에게 보내게 했다. 본래 "제우스의 선물은 조심하라."는 주의를 듣고 있었으나 형과 다르게 경솔한 점이 많았던 에피메테우스는 아름다운 판도라의 모습에 모든 것을 잊고 반갑게 받아들인다.

판도라는 어느 날 단단히 봉인되어 올림포스에서 보내온 상자를 발견하고 호기심을 참지 못하여 그만 뜯고 만다. 그때 연기와 같은 것이 새어 나왔으니 그것은 병, 재난, 슬픔, 고뇌 등 모든 죄악의 근원들이었다. 불길한 기분에 놀라 판도라는 뚜껑을 급히 닫았으나 이미 모든 것은 인간 세상으로 뛰쳐나간 뒤였다. 다만 상자에서 마지막으로 나오고 있던 희망의 신 엘피스Elpis는 다시 닫힌 상자 안에 갇혀 인간 세계에는 다다르지 못한다.

II
올림포스의 신들

올림포스 12신

포세이돈

    티탄 족과 많은 투쟁을 거쳐 승리를 거둔 제우스에게
는 이후에도 반항하는 세력이 계속 있었다.

    그 중에는 알로아다이Aloadae를 포함하여 자이언트Giants
의 어원이 되는 기간테스Gigantes 족(우라노스와 가이아 사이
의 24명 아들)도 있었다. 하지만 결국 그들 모두는 제우스
를 도왔던 가이아를 어머니로 하였다.

헤파이스토스   아레스   아테나

헤라

제우스

　마침내 끊임없는 투쟁 끝에 제우스를 주신主神으로 하는 그리스 올림포스의 12신의 자리가 정해졌다.

　제우스는 올림포스 신들의 우두머리가 되어 천궁과 대기를 통치하고, 포세이돈은 바다를 지배했다. 제우스의 누이 셋 중 가장 아름다웠던 헤라는 제우스의 아내가 되어 결혼을 관리하였다.

아프로디테　　　헤스티아　　　데메테르

데메테르Demeter는 농업의 신으로 생산과 수확을 감독하고, 헤스티아Hestia는 화로를 관리했다. 처녀 신 아테나는 제우스의 머리에서 탄생했다. 제우스의 바람기에 아내 헤라도 혼외의 아이를 낳았는데, 무신武神 아레스Ares와 대장장이 신 헤파이스토스였다.

미남 아폴론Apollon과 사냥의 여신 아르테미스Artemis는 제우스와 티탄 족의 딸 레토Leto 사이에서 태어났으며, 또 제우스의 전령이었던 헤르메스는 제우스와 님프Nymph(요정) 마이아 사이에서 탄생한 아들이었다.

전승에 따라 종종 헤스티아 여신을 대신해 주신酒神 디오니소스 신이 올림포스 12신에 꼽히기도 하며, 비너스라는 라틴어로 잘 알려진 아프로디테도 12신 중 하나이다.

헤르메스   아르테미스   아폴론

사랑의 여신
황금빛 아프로디테

　사랑과 미의 여신으로 알려진 아프로디테는 엄청난 욕정과 증오의 소용돌이를 몰아오기도 한다.

　크로노스가 아버지 우라노스의 성기를 쳐서 바다로 던졌을 때 흔들리는 파도 속으로 사라져 바다를 떠돌다가 한 여인이 생겨났으니 그녀가 바로 아프로디테였다. 그녀는 요정과 같은 나신으로 조개를 타고 키프로스Cyprus 섬(지중 해 동부)에 이르렀다. 그녀가 걸었던 자리에는 향기가 가득하고 꽃과 푸른 잎들이 만발하였다.

　테미스(크로노스의 누이)의 딸 호라이Horai(시간의 여신)가 아프로디테에게 옷을 입히고 머리를 장식해주었다. 그녀에게는 언제나 성애 에로스Eros와 욕망 히메로스Himeros가 따라다니게 되었다. 이 미美와 사랑의 여신으로 인해 신들은 서로 그녀를 차지하려고 다투었고, 아프로디테를 둘러싼 수많은 애증의 이야기가 생기게 된다.

키뉘라스 왕과 그의 딸 스미르나

키프로스 섬에서의 아프로디테 최초의 연인은 피그말리온Pygmalion이다. 피그말리온이란 그리스 어로 소인小人을 뜻한다. 그는 상아로 된 아프로디테 상을 간직하며 늘 그녀를 동경하고 사랑했다. 아프로디테는 자신을 너무나도 열망하는 그를 불쌍하게 여기어 그 상아 나신에 생명력을 불어넣어 피그말리온의 소망을 들어주었다.

이렇게 해서 파포스Paphos가 태어나고, 그의 아들인 키뉘라스Kinyras는 그 후 도시를 건설하여 그 시를 파포스라고 이름짓는다.

키뉘라스에게는 스미르나Smyrna라는 아름다운 딸이 있

있는데, 키뉘라스는 늘 자랑스럽게 여기며 딸이 아프로디테보다 더 아름답다고 말하고 다녔다. 이 말은 들은 아프로디테는 감히 미의 여신인 자기보다 더 아름답다고 말하는 그들을 벌하기 위해 에로스를 보내 스미르나가 사랑의 화살을 맞도록 한다.

그로 인해 스미르나는 그녀의 아버지를 사랑하는 끔찍한 죄를 범한다. 어느 축제의 밤, 얼굴을 가리고 스미르나는 유모가 인도하는 대로 술에 취한 아버지의 침실에 든다. 이 죄악의 순간 금빛 달은 하늘에서 자취를 감추고 별들도 구름 속으로 사라져버린다.

이후 그녀의 배가 불러오고, 그 아기의 아버지가 누구인지 알게 된 키뉘라스 왕은 수치심과 노여움에 칼을 뽑았으나 "어찌 내 딸을 내가 죽일 수 있을까." 하여 망설인다. 그 틈을 타 스미르나는 도망친다.

키프로스의 산과 들을 방황하며 홀로 고행하던 스미르나는 마지막 순간이 오자 양쪽 팔을 벌리고 아이라도 태어날 수 있게 해달라고 신에게 간절히 기도한다. 그러자 그녀의 발은 흙 속에 파묻히고 몸은 향나무로 변했다. 이 때 나무 안의 태아가 나무둥치를 부풀게 하여 가지는 힘없이 처졌으며 그녀의 신음소리는 비통하게 바람에 흩날렸다.

아도니스

출산의 여신 에일레이티이 Eileithyia가 불쌍히 여겨서 나무둥치에 손을 댔다. 목초가 터지면서 남자 아이가 튀어나왔다. 샘가의 요정, 님프들이 아기를 받아 부드러운 잔디에 눕혔다. 엄마의 변신인 스미르나 나무에서 나온 눈물 즉, 나무의 몰약으로 아기의 몸을 닦으니 향기로움이 넘쳐흘렀다. 이 아이가 아도니스 Adonis였다.

아프로디테는 이렇게 태어난 아도니스를 감추어 명계의 여신 페르세포네 Persephone에게 잠시 맡겼다. 얼핏 보기

에도 너무도 잘 생긴 아도니스를 맡은 페르세포네는 후에 아프로디테에게 다시 돌려 줄 생각을 하지 않았다.

이 일은 결국 두 여신의 싸움으로 변해 제우스 신의 판결까지 받게 된다. 그래서 아도니스는 1년의 3분의 1은 혼자서, 3분의 1은 페르세포네 곁에서, 또 나머지 3분의 1은 아프로디테 곁에서 보내게 되었다.

아도니스는 산과 들을 쫓아다니면서 사냥을 즐겼다. 아프로디테는 아도니스에게 "사나운 야수를 조심하라."고 주의를 주었다. 어느 날 아도니스는 사냥개가 몰아준 산돼지를 향해 힘껏 창을 던졌다. 그러나 창은 급소에서 어

굿나고 아도니스는 날뛰는 산돼지의 날카로운 이빨에 크게 다친다.

백조 수레를 타고 하늘을 날고 있던 아프로디테는 아도니스의 절규를 듣게 되었다. 이미 차가운 몸으로 변한 아도니스를 껴안고 사랑의 여신은 통곡한다. "사랑하는 아도니스여. 이젠 정말 명계의 페르세포네의 곁으로 가야겠구나. 그러나 페르세포네조차도 나로부터 너에 대한 아름다움의 기억을 빼앗을 수는 없을 것이다."라며 향기로운 꽃즙을 아도니스의 피가 흐르는 대지에 뿌렸다.

곧 한 포기의 초목이 땅 위로 솟아나 빨간 꽃을 피워냈다. 그 꽃은 아주 짧은 시간 동안 꽃을 피우고는 바람 속으로 사라졌다. 그 꽃 이름이 바로 아네모네이다.

아프로디테와 안키세스

아프로디테의 사랑의 힘은 그야말로 광대하다. 대신 제

우스도 그녀의 유혹에 고민한다. 위대한 신들이라 해도 그녀로 인해 항상 갈등의 요소를 안고 있었다. 그래서 제우스는 아프로디테에게 인간의 모습을 갖게 하여 영원한 생명력을 가지지 않은 인간과 사랑하도록 유도한다.

트로이Trojan(지금의 터키 서북부)의 이다Ida 산(크레타 섬의 산과 동명)에서 소들에게 목초를 먹이고 관리하는 안키세스Anchises는 불사신과 같은 아름다운 용모를 가지고 있었다. 아프로디테는 한 눈에 그에게 연정을 느끼고 이다 산으로 향했다. 아프로디테의 연정은 주위의 늑대, 사자, 곰, 표범 등의 맹수들에게조차 전염되어 동물들은 두 마리씩 짝을 이루어 나무 그늘에 숨어버렸다. 안키세스는 곧 아프로디테에게 마음을 빼앗겨버리고 만다. 아프로디테는 인간 세상의 여인처럼 행동하면서 달콤한 유혹으로 안키세스의 마음을 사로잡는다.

"여신과 같은 아름다운 여인이여! 당신과 같이할 수 있다면 나는 기꺼이 아폴론 신의 은의 화살에 맞아 명계에 가도 좋소."라고 속삭이며 안키세스는 아프로디테의 손을 잡았다. 제우스가 의도했던 대로 안키세스는 아프로디테가 여신이라는 것을 모른 채 껴안았다.

불사의 여신과 밤을 보낸 인간은 벌을 받게 된다. 헤어지면서 본모습을 드러낸 아프로디테는 "누구에게도 이 사실을 말하면 안 된다."며 안키세스에게서 비밀을 지키겠다는 약속을 받는다.

그러나 며칠 후 안키세스는 술에 취해서 자신이 가졌던 여신과의 비밀을 친구에게 자랑한다. 그러자 갑자기 제우스의 번개가 번쩍하더니 안키세스는 한 쪽 다리를 잃고 만다. 여신의 나신을 본 그의 두 눈도 벌에 쏘여 멀게 되었다고 전해진다.

이때 그 둘 사이에서 난 아들이 아이네이아스Aeneias다. 아이네이아스는 후에 트로이의 왕이 되고 트로이 멸망 후에는 이탈리아에 건너가 로마제국의 기틀을 닦게 된다.

아프로디테와 헤파이스토스

아프로디테와 올림포스 신들과의 이야기 또한 그녀의 끝없는 애욕과 그녀를 둘러싼 사랑의 갈등을 보여준다. 올림포스에서 아프로디테는 손재주로 유명한 대장장이신 헤파이스토스의 아내였다. 그러나 그 시기 아프로디테는 군신軍神 아레스Ares와도 밀정을 나누고 있었다.

어느 날 자신의 아내와 아레스 사이를 태양신 헬리오스 Helios로부터 전해들은 헤파이스토스는 복수를 위해 그만의 오묘한 손재주로 눈에 보이지 않고 끊을 수도 없는 거미줄처럼 가는 쇠사슬 망을 만들어 침대 기둥과 천장에 걸어 놓았다.

그런 후 헤파이스토스는 렘노스 섬(헤파이스토스의 성지)에 가는 것처럼 가장하고는 아프로디테와 아레스가 밀정을 나누는 것을 포착하기 위해 기다렸다. 곧 아레스가 아프로디테에게 정열적인 모습으로 "나의 사랑하는 사람이여. 그대와 함께 있고 싶습니다."라며 구애하였다.

둘이 함께 시간을 보내고 있었을 때, 헤파이스토스의 교묘한 쇠사슬 망이 천장에서 떨어져 그들의 몸을 휘감았다. 헤파이스토스는 분노하며 외쳤다.

"제우스 대신이여! 그리고 모든 다른 신들이여. 바로 나의 침대에서 밀애를 나누고 잠들어 있던 이 파렴치한 둘을 보시오. 이런 천박한 아내를 위해 바쳤던 나의 예물과 그동안의 내 사랑이 마땅히 보상받을 때까지 절대 이 쇠사슬을 풀지 않겠소!"

심각한 상황에 포세이돈, 헤르메스, 아폴론이 찾아왔다. 아폴론이 헤르메스에게 물었다.

"황금빛 아프로디테와 하루를 보내고 저런 꼴이 된다

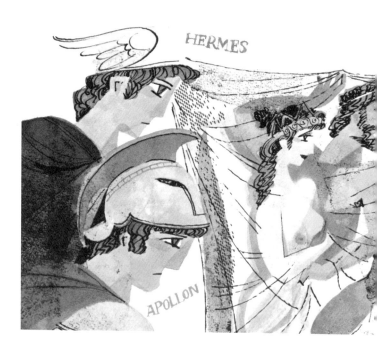

면 넌 어떻게 하겠느냐?"

"저라면 지금의 저들보다 무거운 벌을 받고 모든 이들이 다 보고 있어도 좋습니다. 황금의 아프로디테와 밤을 지새우고 싶어요."

이 말에 신들은 모두 웃었으나 포세이돈만은 웃지 않았다. 포세이돈은 헤파이스토스에게 큰 죄를 지은 아레스가 마땅한 보상을 하도록 자신이 설득할 테니 쇠사슬을 풀

것을 권유했다. 헤파이스토스는 처음에는 듣지 않았으나 결국 둘을 풀어 주고 각각 다른 곳으로 떠나보내 갈라놓음으로써 문제를 일단락 짓기로 하였다.

포세이돈이 아프로디테와 아레스가 포박되었을 때 왜 웃지 않았었는지에 대해서는 후일담이 있다. 포세이돈은 그런 상황에 처한 아프로디테를 도와줌으로써 마음을 얻고자 한 것이었다. 그녀는 포세이돈이 어려운 상황에서 자기를 구해준 보답으로 후에 그의 사랑을 충족시켜주었다.

그리하여 로티스Lotis와 할리로티오스Halirrothios 두 아이를 낳는다. 애초에 밀애를 나누었던 아레스는 후에 약속을 어기고 자신의 죄값을 치르지 않았다. 그럼에도 불구하고 헤파이스토스도 아름다운 아내를 놓치기 싫어 지난 일을 다시 문제 삼아 헤어지자는 말은 하지 않았다.

곡물의 여신
데메테르

제우스의 누나인 데메테르는 곡물의 여신이다. 모신 가이아, 2대의 레아, 3대의 데메테르로 이어지는 이 대지의 여신들은 본래는 착하고 부드러운 여신이었으나 자식을 보호하기 위해 분노의 여신이 되는 공통점이 있다.

데메테르는 제우스와의 사이에 아름다운 딸 코레Kore를 낳는다. 그리스 조각미술에서는 코레의 상을 아프로디테 상과 동등하게 그 미의 가치를 평가할 정도로 코레는 아름다움의 대명사로 통하고 있다. 코레는 젊은 아가씨라는 뜻이고, 우리가 흔히 알고 있는 페르세포네도 바로 이 코레의 다른 이름이다.

이 코레에게 명계를 지배하는 하데스가 짝사랑을 느껴 "그녀와 결혼시켜 달라."고 동생인 제우스에게 간청한다. 제우스는 청을 거절하면 하데스가 화를 낼 것이고 허락하면 데메테르에게 원망을 들을 것이라는 생각 끝에 "나는 허락할 권리도 거절할 권리도 없다."며 자신의 곤란한 입장을 피하기만 했다. 기다리다 못해 하데스는 목장에서 꽃을 따고 있는 코레를 납치할 결심을 한다.

히아신스와 수선화를 따고 있는 코레의 눈앞에 갑자기 땅이 갈라지고 그곳에서 불사의 말을 탄 하데스가 뛰어나와 비명을 지르는 코레를 꺼안고 지하로 달아나버렸다.

그 비명 소리를 노파 헤카테Hecate만이 들었다. 헤카테는 천상·지하·바닷속을 고루 누비는 여신으로 개와 뱀과 말의 세 머리를 하고 유령 사냥개와 함께 다님으로 해서 현대에서 종종 마법이나 악마의 여신으로 이해되는 경우가 있으나 페르세포네를 구출하는 데 도움을 준다.

데메테르는 아홉 날 아홉 밤을 한숨도 안 자고 안 마시고 안 먹으며 사라진 코레의 이름만을 부르면서 찾아 헤매던 중 헤카테를 만나게 되고, 또한 천공을 날며 모든 것을 보고 있던 태양신 헬리오스에게서 사실을 듣게 된다. 코레의 유괴가 하데스의 짓이고 그것도 제우스의 묵인 하에 이루어진 것을 안 데메테르는 분노에 떨며 올림포스를 떠난다.

　제우스는 올림포스의 신들로 하여금 데메테르에게 선물을 보내도록 하여 그 노여움을 풀려 했다. 그러나 격분하고 있던 데메테르는 올림포스에 돌아갈 생각은 추호도 없이 분노하며 코레가 없는 세상과 제우스의 묵인에 대한 저주로 모든 식물의 종자들에게 봄이 되어도 싹을 틔우지 않고 대지 속에 깊이 숨어 있을 것을 명한다. 세상은 순식간에 흉년과 곤궁으로 가득 차게 된다.

인간들은 물론 신들도 흉년으로 고난을 받게 되자 제우스는 사태를 본격적으로 수습하지 않으면 안 되겠다고 생각한다. 우선 전령의 신인 헤르메스를 하데스와 데메테르 둘 모두에게 보내어 이렇게 전하게 한다.

하데스에게는 "하데스여, 그대가 아무리 코레를 좋아한들 코레를 보내지 않으면, 데메테르의 분노가 원인이 되어 우리들은 결국 다 파멸할 것이다." 하고, 또 데메테르에게는 "아직 영원히 딸을 잃은 것이 아니고 하데스와 함

께 저세상 음식을 먹지 않았다면 다시 같이 살 수 있을 것이니 마음을 누그러뜨리라."고 하였다.

기근이 들어 모든 신들의 원망을 피할 수 없게 된 것을 알아차린 하데스는 코레와의 이별을 진정으로 원치 않았지만 일단 돌려보내고 코레가 어쩔 수 없이 다시 돌아올 수밖에 없는 그 무언가를 생각한다. 하데스는 코레를 지하세계로 데리고 온 그날부터 그녀가 아무것도 먹지 않았던 것을 생각하며 이렇게 말했다.

"코레! 당신은 여기 온 후로 어머니 생각에 상심이 크니 어머니 곁으로 이제 돌아가는 것이 좋겠소. 하지만 여기를 떠나기 전 무언가를 좀 먹어야 기운을 차려서 갈 수 있지 않겠소?"

그러자 코레는 너무나 기쁜 나머지 방심하여 하데스가 권하는 석류 열매를 먹고 만다. 마침내 코레를 태운 헤르메스의 황금마차는 단숨에 달려 데메테르의 신전에 멈추었다. 모녀는 껴안고 기뻐했다. 그러나 데메테르는 코레에게서 석류를 먹은 이야기를 듣고 몹시 낙담했다.

"나는 올림포스에는 이제 돌아가지 않을 것이다. 그리고 대지로부터 모든 초목들을 계속 감금할 것이다."

다시 난처하게 된 제우스는 모친 레아에게 부탁하여 화해를 도모한다. 결국 코레는 1년 중 3개월은 명계의 타르타로스의 여왕으로서 하데스와 지내고, 9개월은 모친 데메테르와 지내기로 하는 타협이 이루어졌다.

바다의 신 포세이돈

포세이돈Poseidon은 바다의 신이며 또한 말과 지진의 신이기도 하다. 많은 예술작품에서 언제나 무뚝뚝하고 성난 얼굴을 하고 있는 엄숙한 인상의 신이다. 그러면서도 형제인 제우스, 헤라의 눈을 속여 많은 밀정과 끔찍한 행각을 일삼았다.

그는 아내이자 바다의 요정인 암피트리테Amphitrite 몰래 많은 여인들과 여신, 그리고 님프들과도 밀애를 즐겼을 뿐 아니라 아이트라Aithra(트로이의 왕 피테우스의 딸)를 납치하여 테세우스Theseus를 낳았다는 설도 있다.

또한 아테나의 신전에서 아름다운 요정 메두사Medusa를 탐하였다. 메두사는 그 사건을 저주하며 어떤 이도 자신에게 욕정을 가질 수 없도록 스스로 머리카락을 뱀으로 변신시켰다. 그 이후 메두사는 누군가 자신을 한번 보기만 해도 바위로 변해버릴 정도로 끔찍한 괴물로 존재하게 되었으며, 영웅 페르세우스Perseus가 메두사의 머리를 잘랐을 때 떨어진 핏방울은 날개를 단 백마 페가수스로 변했다고 한다.

이 페가수스는 후에 벨레로폰Bellerophone이 타게 되어, 사자 머리에 염소의 몸과 악마의 꼬리를 가졌으며 불을 뿜는 키메라Chimera를 퇴치하는 데 큰 역할을 하고, 나중엔 하늘의 페가수스 별자리가 되었다. 벨레로폰은 코린토스(그리스 중부)의 왕자이자 시시포스Sisyphus의 손자였다.

포세이돈의 사랑 얘기는 또 있다. 인간이었던 티로Tyro는 남편 크레테우스Cretheus와의 사이에 아들 아이손Aison을 두었으나 강의 신 에니페우스Enipeus을 몹시 사랑했는데, 그런 티로에게 반한 포세이돈이 에니페우스 강의 모습으로 나타나 그녀를 유혹했다. 출렁이는 강물 속으로 티로를 데려가 밀정을 나누었고 그들에게서 쌍둥이 펠리

아스Pelias와 네레우스Nereus가 탄생했다.

하지만 티로는 계모 시데로Sidero의 학대를 받아 포세이돈과의 사이에서 태어난 두 아이를 포기하게 된다. 시데로는 티로와 그 아이들을 싫어해서 그녀의 아름다운 머리카락을 잘라버린 것도 모자라 희고 부드럽던 피부마저 상처투성이로 얼룩지게 했다.

산에서 유모의 보살핌을 받다가 아버지 포세이돈의 손에서 자란 두 아이는 후에 생모와 재회하고 시데로에 대한 복수를 잊지 않는다. 한편 왕위를 놓고 이들은 서로 갈등을 겪었으나 결국 펠리아스는 이올코스Iolcus의 왕이 되고 네레우스는 파이로스Pylos의 왕이 되었다.

포세이돈의 바람기에 대한 또 다른 이야기, 즉 포세이돈과 데메테르의 이야기에는 말馬이 상징적으로 등장한

다. 데메테르가 딸 코레를 찾아 헤맬 때 그 강한 모성의 모습에 포세이돈은 호기심으로 가득 찬다. 여신은 포세이돈의 관심에 두려움을 느낀 나머지 풀을 뜯고 있는 말 무리 속에 한 마리 암컷 말이 되어 숨었다.

그러나 포세이돈은 오히려 즐거워하며 수컷 말이 되어 그녀에게 다가갔다. 이 만남으로 인간의 언어 능력을 가진 명마 아리온Arion이 태어났다. 그는 아버지 포세이돈처럼 검고 탄력있는 머릿결의 소유자였다.

제우스와 그 여인들

제우스의 정처正妻는 헤라이다. 그러나 제우스는 많은 여신과 심지어는 인간 세상의 여인들과도 수많은 사랑을 한다.

그 중 가장 유명한 것이 에우로페Europe의 납치일 것이다. 지금 유럽Europe이라는 지명도 이 페니키아 가계의 아름다운 여성에서 왔다. 페니키아란 현재의 레바논, 시리아, 북이스라엘 지방을 중심으로 고대 가나안 지역에 뿌리를 두었던 문명으로, 기원전 1200년경부터 서기 900년

까지를 기점으로 지중 해 지역에 확산되었다

에우로페의 유괴

　포세이돈의 또 다른 자식 중 하나인 아게노르Agenor는
가나안의 땅(지금 레바논)에 정착해서 카드모스Kadmos 등
다섯 아들과 딸 에우로페를 낳았다. 해변에서 꽃을 따고

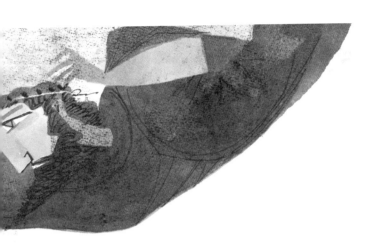

있는 에우로페에 사랑을 느낀 제우스는 보석 같은 맑은
뿔과 검은 줄이 나 있는 아름다운 순백의 수컷 소의 모습
으로 그녀에게 다가간다.

　에우로페는 그 순백색의 소의 모습에 취해 마법에 걸린
듯 그만 소의 등에 올라타고 만다. 그러자 소는 먼 바다까
지 수영을 시작한다. 그녀는 왼손으로는 꽃바구니를 들고
오른손으로는 소의 뿔을 꼭 잡았다. 제우스는 크레타 섬까

지 가서 플라타너스 나무 그늘 아래에서 에우로페와 사랑을 나눈다. 그리하여 세 아들 미노스Minos, 사르페돈 Sarpedon, 라다만티스Rhadamanthys를 낳는다.

제우스는 에우로페에게 세 가지 선물을 준다. 에우로페를 지켜줄 수호인으로 청동 인간, 먹이를 절대로 놓치지 않는 사냥개, 표적에서 절대로 어긋나지 않는 창, 이 세 가지 선물을 받은 에우로페는 후에 크레타 섬의 왕 아스테리우스Asterius와 결혼하게 된다.

아버지 아게노르는 에우로페가 종적을 감추자 아들들에게 딸의 행방을 찾게 하였다. 에우로페를 찾기 위해 뿔뿔이 흩어진 가족은 유럽 각지에서 몇 개의 도시 형성에 공헌하게 된다. 포이닉스Poenix는 서쪽으로 리비아와 카르타고까지 가서 그곳에서 후에 키니아 인의 조상이 된다. 이후 가나안으로 돌아갔으나 포이닉스가 다녀간 후 키니

아 지방을 페니키아(후에 키니아)라고 부르게 되었다.

막내아들 카드모스는 아테나 신에게 큰 청동잔을 바쳤으며, 할아버지인 포세이돈의 신전을 건립했다. 또, 테라 섬(산트리니 섬)에 옮겨가서도 신전을 건립했다. 그러나 혼신의 힘을 다하여 누이인 에우로페를 찾다가 과로하여 멈추는데, 그곳에 건설한 도시가 테바이Thebai였다. 카드모스는 그리스 인에게 알파벳을 가르쳤다고 전해진다.[3)]

제우스의 여자들과 모계사회의 종말

제우스와 헤라와의 결혼에 대해서는 다소 복잡한 점이 있다. 정처였던 헤라는 가이아, 레아 등 큰 모신母神의 계보를 이었고 제우스는 그 남편이 됨으로써 신성한 대신의 자격을 얻지만, 그 시점부터 제우스는 신화의 새로운 주인공으로서 모계 중심의 이야기에 전환점을 가져온다.

제우스와 헤라의 결혼에 관해서는 또 다른 이야기가 있다. 호메로스는 헤라가 주도적인 역할을 하여 제우스를 유혹했다고 한다. 헤라는 본래 아르고스 지방(아르고스, 스

---

3) 이것은 그리스가 먼저 발달한 후에 키니아 인의 문화가 도입된 것을 암시하고 있다. 에우로페라는 이름이 그리스 문화에서부터 유래된 것을 알 수 있다.

파르타, 미케네)의 대★ 여신이었고 제우스가 오히려 처음에는 헤라의 데릴신랑처럼 여겨질 정도로 그들의 모계권력 형태가 뚜렷했다고 한다. 헤라는 근원적으로 영웅을 의미하는데, 헤로스Heros의 여성형인 헤라라는 이름에서도 알 수 있는 것이다.

또 다른 형태의 그리스 신화 전승인 파우서니아에 의하면 헤라는 아르고스에서 가까운 카나티스의 샘에서 목욕을 할 때마다 처녀성을 되찾았다고 한다. 그러나 막강한 영웅적 힘을 가진 헤라의 결혼생활에는 증오와 분노가 얽혀 있었다. 헤라는 제우스의 빈번한 정사에 노하고 질투하고 자학하여 제우스에게서 떠나갔지만 결국은 제우스 곁으로 다시 돌아오곤 했다고 한다.

중요한 것은 지금까지 펼쳐진 그리스 신화, 즉 그 초기 부분에서는 여신들의 주도적 역할과 힘이 두드러진다고 볼 수 있다. 대지의 태초모신 가이아와 레아, 그리고 땅의 모든 수확과 재배를 관리하는 데메테르 여신이 그러하다. 남신들은 그 여신들의 배우자와 애인들, 그리고 추종자들이었다.

올림포스의 이러한 모계 중심의 이야기에서 제우스와 그의 여자들이라는 부계 중심의 이야기로 변화하는 시대는 이후 도래한다.

제우스와 메티스

제우스가 최초에 선택한 사랑의 상대자는 예지의 여신 메티스였다. 지혜와 문제 해결력이 뛰어났던 그녀는 제우스의 아버지인 크로노스에게 토하는 약을 만들어 주어 제우스의 형제들이 태어날 수 있게 했던 신이다. [4]

그녀는 처음엔 제우스로부터 도망치려 했으나 결국 제우스의 아이를 가졌다. 가이아는 "태어날 아이는 우라노스, 크로노스와 같이 그 아버지 제우스를 타도하여 주신

이 된다."고 했다.

그 이야기를 듣고 제우스는 침실에서 메티스를 갑자기 입안으로 들이켜버렸다. 그리고는 어느 날 제우스는 심한 두통을 일으킨다. 태아가 그의 머릿속에서 자라고 있었던 것이다. 제우스의 신음 소리를 듣고 헤르메스가 헤파이스토스에게 날카로운 쇠붙이를 가져오게 하여 제우스는 그 엄청난 두통에서 해방되었다. 제우스의 머릿속에서 탄생한 아이가 아테나였다.

제우스와 테미스

또 다른 일설에 의하면 제우스의 최초의 아내는 법과 정의의 여신 테미스Themis라고도 한다. 테미스는 우라노스와 가이아의 딸이며 법과 제도의 신성한 권리와 힘을 의인화한 것이다. 그녀에게는 막강한 신탁Oracle(신들의 예언과 점술로 미래의 길을 구하는 것)의 힘이 있었고 델포이

---

4) 그리스 신화에서 우리는 신들 간의 관계를 다시 한번 생각해 볼 필요가 있다. 혼란에서 막 벗어난 태초의 그리스 신화에 등장하는 아버지와 어머니, 그리고 자식들, 또 그 자손들은 무(無)에서 차례로 소개되는 관념의 탄생과 그 관념들이 의인화되어 서로 반응하고 얽히며 사상과 문화 발달의 역사를 만들어가는 단계를 보여준다.

Delphi(미래를 통찰하고 신탁하였다는 그리스의 옛 도읍지) 신탁의 주인공이었다.

제우스와의 사이에 시간 혹은 계절의 여신 호라이Horai와 수명의 여신 모이라Moira가 태어났다. 모이라가 손으로 저어서 뽑은 실의 길이는 인간의 일생의 길이를 정한다고 했다. 그것은 모이라의 전적인 권한이었고 제우스도 개입하지 않았다고 한다.

로마 신화에서는 테미스를 정의의 여신 유스티티아Justitia라고 부르는데, 제우스에게 젖을 먹였다고 하는 염소의 뿔을 가진 엄격하고 단호한 모습으로 묘사되어 있다.

므네모시네

 므네모시네Mnemosyne는 기억과 말의 여신으로 테미스의
동생이다. 제우스는 므네모시네와의 사이에서 9인의 뮤즈
Muses(즐거움·음악의 여신)를 탄생시킨다.

에우리노메

 사랑스런 에우리노메Eurynome도 제우스의 자손인 카리
테스Charites 여신들을 낳는다. 카리테스 여신은 세 자매로
자연과 인간 삶의 기품과 우아한 정신을 주관하여 뮤즈와
함께 시와 예술에 영감을 불어넣어주며 아름다움을 사랑
한다. 그들은 원래는 자연과 잉태의 여신들이었다 한다.

네메시스와 그녀의 딸 헬레네

 제우스와 복수의 여신 네메시스Nemesis와의 이야기도
있다. 그녀는 제우스를 두려워하여 물고기로 변하여 바다
에 뛰어들었으나 제우스가 대하천의 신 오케아노스의 도
움을 받아 네메시스를 추적한다. 네메시스는 짐승이 되어
육지로 피하기도 하고 새가 되어 하늘로 도망치기도 했으

나 제우스는 큰 백조가 되어 그녀를 잡아버린다.

그리고 그녀는 푸른 히아신스 색의 알을 낳는다. 그 알에서 태어난 미녀 헬레네Helene로 인하여 트로이 전쟁이 발발하게 된다. 한편 네메시스는 정의와 복수의 여신으로 오케아노스의 딸이라는 설이 있고 에레보스와 닉스의 자손이라는 설도 있다.

처녀 신 아테나

아테나Athena는 지혜와 전쟁, 예술, 산업, 정의, 기술의 여신이다. 아들이 태어나면 아버지를 능가할 것이라는 예언의 두려움 때문에 제우스는 아테나를 잉태한 메티스를 삼켜버렸지만 막상 딸이 태어나자 매우 총애하게 된다.

메티스는 제우스가 자신을 삼켰을 때 제우스의 몸 안에서 딸 아테나를 위해 헬멧과 갑옷을 만들었는데, 그것을 만들 때의 망치질 진동으로 제우스는 괴로운 두통을 앓게 되었고, 마침내 헤파이스토스의 도움으로 아테나를 낳게 되었다는 이야기가 있다.

아테나와 포세이돈은 도시를 매우 좋아하여 각각 아크로폴리스Acropolis에 올라가 시민들에게 좋은 선물을 주어 자신을 숭배하는 도시로 만들려 했다. 포세이돈은 도시의 절벽을 깎아 우물을 만들어 냈는데 그 물은 소금기 있는 바닷물과 같아 사람들에게 소용이 없었다.

한편 아테나는 사람들에게 올리브 나무를 선사했는데, 올리브는 나무와 열매와 음식을 한꺼번에 주었으므로 사람들은 그녀를 숭배하기 시작했다. 그녀는 그 도시를 자신의 이름을 따 아테네Athens라고 명명했다. 아테나는 승리의 여신 니케Nike를 동반했으며 수호의 방패 아이기스Aegis를 들고 부엉이와 함께 있곤 했다. 아테나가 연루되었던 지역을 보면 아테네에서 중·북부 그리스까지 포함된다. 아테나는 아크로폴리스의 수호신이었다.

그래서 아테네에 소재한 아크로폴리스의 파르테논 신전을 위시하여 여기저기에 이 여신을 모시고 있다. 아테나의 로마식 이름은 '미네르바'인데 그녀는 영원한 처녀 신이다. 그런데 직접 낳지는 않았지만 아테나는 어떤 연유로 한 아이를 얻게 되고 그 아이를 키프로스에서 키웠다는 이야기가 있다.

그 이야기란 다음과 같다. 아테나의 탄생을 도왔던 헤파이스토스가 그녀를 소유할 욕심에 침실로 이끌어 나란히 누웠는데, 홀연히 그녀가 사라졌다. 헤파이스토스가 못 이룬 꿈은 이후 대지에 흘렀고 그것을 받은 대지의 모신 가이아는 에릭토니우스Erichthonius(아테네의 초기 왕이 되며 대지에서 태어났다는 전설을 가지고 있는)를 낳아 아테나에게 키우게 하였다.

아테나는 훌륭한 문화의 여신으로 직물 요리와 같은 여성풍의 기술에 뛰어났으며 피리, 나팔, 도자기, 농기구, 선박, 전차 등 많은 것을 발명했을 뿐만 아니라 계산과 기술도 가르쳤다고 한다.

청년 신 아폴론

아폴론의 탄생과 델포이

아폴론Apollon은 제우스와 레토 사이에서 태어난 제우스의 적남嫡男으로, 그리스 청년의 이상형이었다. 향기롭고 빛나는 젊음을 상징하는 아폴론만큼 외적 모습에서 그리스적인 신은 없다. 그런데 아폴론은 아이러니하게도 트로이 전쟁에서 언제나 트로이 편이었다.

아폴론은 본래 그리스의 신이 아니었다. 어머니인 레토
는 대지신 가이아의 손녀에 해당한다. 제우스에게 쫓기던
레토는 메추라기의 모습으로 변했으나 제우스도 같은 새
로 변신하여 레토를 끝내 자신의 여자로 만들었다.

제우스는 그 이전에 레토의 여동생 아스테리아Asteria(별
의 신)도 유혹했다. 아스테리아는 도망쳤으나 제우스가 쫓
자 돌이 되어 바다 속으로 떨어져 몸을 감추었다. 그녀는
바위섬으로 변했는데, 그 후 그 섬을 그녀의 이름을 따 델
로스라 부르게 되었다

아폴론을 잉태한 레토는 그리스의 산·들·섬을 다니면

서 아이를 낳을 곳을 찾았다. 그러나 태어날 강대한 신이 두려워서 아무도 협조하지 않았다. 그때 레토를 도와준 것이 아스테리아가 변한 델로스 섬이었다. 레토는 9일 낮 밤을 심한 진통과 싸웠다. 제우스와 관련된 진통이라 헤라 여신만 빼놓고 모든 여신이 모였다. 산고産苦의 여신 에일레이티아Eileithyia도 왔다.

백조는 노래하면서 섬을 일곱 번 날고 여덟 번째에는 노래하지 않았다. 아폴론이 마침내 태어난 것이다. 테미스가 신주와 신찬을 바쳤다. 불사의 음식을 취한 아폴론은 여신들에게 말하였다.

"거문고와 활을 주시오. 그러면 우리 신들의 예지를 담아 제우스의 정의와 지혜를 사람들에게 노래로써 전하겠소."

이에 여신들은 경탄했고, 델로스 섬은 황금색으로 빛남과 함께 온 섬이 꽃으로 만발하였다. 아폴론은 태어나자마자 적과 싸워야 했다. 그 적은 티탄 족의 테이테니스라고 불리며, 전설에서는 델포이Delphi의 옛 이름인 퓌토Pytho 성지를 장악하고 있던 퓌톤Python(가이아의 아들)이라고도 전해온다.

아폴론은 퓌톤을 무찌르고 신탁을 돌보며 퓌톤이 파괴했던 지역을 재건했다. 하지만 퓌톤을 죽인 대가로 그는 소몰이꾼으로 봉사하며 아드메토스 왕(그리스 중북부 테살리아의 왕)의 시중을 9년이나 들어야 했다.

델피네는 신탁神託으로 유명한 델포이와 어원적으로 관련이 있다. 아폴론은 퓌토로 돌아올 때 돌고래(Dolphin의 어원이 되는 Delphinios라고 불림)의 모습을 하고 있었는데, 그 이름을 따 그곳을 델포이라고 이름지었다 한다.

아폴론과 히아신스 꽃

아폴론은 많은 소년 소녀를 사랑했다. 아폴론은 스파르타의 왕자인 미소년 히아킨토스Hyakintos를 몹시 좋아했다. 이것이 동성애의 시초라고 한다.

어느 날 아폴론은 히아킨토스와 넓은 초원에서 원반던

지기를 즐기고 있었다. 태양은 밝고 따뜻하게 비추고 둘은 상의를 벗고 즐겁게 놀이를 하고 있었다. 아폴론의 차례가 되어 힘을 다하여 원반을 공중에 던졌다.

원반은 지금까지보다 더 멀고 높게 날아갔다. 히아킨토스는 하늘 높이 날고 있는 원반을 쫓아갔다. 이때 역시 미소년을 전부터 좋아하여 둘의 모습을 질투하던 서풍의 신 제피로스Zephyros가 날고 있는 원반에 역풍을 불어넣었다.

원반은 곧 바로 낙하하여 히아킨토스의 머리에 떨어지고 만다. 아폴론은 달려가서 땅에 쓰러진 소년을 안아 일으켰다. 소년의 얼굴은 창백했고 이미 죽어가고 있었다. 아폴론이 깊이 슬퍼하고 있을 때 소년의 피가 떨어진 자리에 청자색의 꽃이 피었다. 꽃 이름은 히아신스라고 이름 붙여졌다. 아폴론의 연인들은 식물과 특히 관련있는 것이 많다.

아폴론과 다프네, 그리고 월계수 나무

아폴론은 대단한 활 실력을 가지고 있었다. 어느 날 그는 아프로디테의 아들 에로스Eros가 활을 가지고 있는 것을 보고 그 작은 크기로 무얼 하겠느냐고 비웃었다.

모욕감을 느낀 에로스는 한 화살에는 사랑과 욕정을 불러오도록 금을 묻히고 또 하나의 화살에는 냉정하고 혐오스런 마음이 들도록 차가운 납을 묻혀 놓았다. 아폴론은 금 화살을 맞았고 그가 좋아한 미소녀 다프네Daphne(물의 신의 딸)는 불행하게도 냉정의 화살을 맞았다.

새벽 별처럼 반짝이는 눈동자, 흰 목덜미와 아름다운 선의 어깨를 가진 다프네를 아폴론은 취한 듯이 뒤쫓아 갔다. 다프네는 황금빛 머리를 휘날리며 뛰었고 바람에 부푼 상의가 나풀거렸다.

다프네는 힘을 다하여 뛰어 달아나며 그녀의 아버지 페네우스Peneus 강에 소리쳤다.

"아버지 도와주세요. 아버지가 신이라면 저를 지켜주세요."

형체를 변형시키는 힘을 가지고 있던 페네우스 강은 그 말이 끝나기 전에 그녀를 한 그루의 월계수laurel로 변하게 했다. 기도가 아폴론으로부터 그녀를 구하긴 했으나 엄청난 불행이 되게 한 것이었다. 아폴론이 이 나무를 껴안으니 더욱 작아져버렸다.

그 모습에 아폴론은 "오 다프네여! 가슴 아프게도 당신은 이제 나의 신부가 될 수 없게 되었군요. 나의 머리에 또 나의 거문고와 옷에 당신의 모습 월계수 나무를 장식할 것이오. 경기에 이긴 젊은이, 전쟁에서 이긴 장군, 용기와 영광을 가진 이 모두 당신의 잎을 머리에 얹고 승리의 기쁨을 기리도록 할 것입니다." 라고 절규했다.

영원한 처녀
아르테미스와 칼리스토

제우스와 레토 사이에는 아폴론 그리고 아르테미스 Artemis 남매가 있었다. 아르테미스는 사냥을 좋아하는 처녀 신이었고 아르카디아(펠로폰네소스 반도의 중앙)의 산과 들을 뛰어 다녔다. 님프 칼리스토Callisto는 아르테미스의 시녀 중의 하나로 늘 활과 화살을 가지고 주인을 따라 다녔다.

칼리스토란 아르테미스처럼 가장 아름다운 여인이란 뜻이다. 활달하고 귀엽고 사랑스런 칼리스토를 보고 천상의 제우스가 또 애욕을 갖게 된다. 어느 여름날, 대낮의 숲 속 깊은 곳에서 낮잠을 자고 있는 칼리스토 옆에 아르테미스의 모습으로 나타난 제우스는 칼리스토를 흔들어 깨웠다.

칼리스토는 "아 주인님, 깜빡 잠이 들었습니다. 죄송합니다."하고 기쁘게 그를 맞이했다. 아르테미스의 모습을 한 제우스는 소녀를 껴안았다. 그 후 칼리스토는 두려움과 수치스러움으로 아르테미스에게 무슨 일이 있었는지 말조차 하지 못하고 나날을 보냈다.

어느 날 아르테미스와 시녀들은 숲속 샘가에서 목욕을

하기로 했다. 님프들은 즐거움에 가득 차 목욕을 즐기고 있었으나 칼리스토만은 옷조차 벗으려고 하지 않았다.

모든 걸 알게 된 아르테미스는 "먼 곳으로 가거라. 이 깨끗한 물을 너로 인해 더럽힐 수는 없다."하며 칼리스토를 추방한다. 칼리스토는 남자 아이를 낳았으나 제우스의 끝없는 연애 행각에 질투와 분노로 가득 찬 헤라 신이 칼리스토를 곰으로 변신시켜버렸다.

그녀의 아들 아르카스Arcas는 엄마 없이 자라 15세가 되었고 어느 날 숲속에서 자기를 슬픈 얼굴로 뚫어지게 보고 있던 암곰을 만나게 된다. 놀란 그는 숙련된 솜씨로 창

을 곰 심장을 향해 힘껏 던졌다.

그 순간 하늘에서 보고 있던 제우스는 자신의 행동에 대한 책임을 크게 느끼며 "아르카스가 엄마를 해치는 죄인이 되어서는 안 된다."고 소리치며 일진의 질풍을 보내어 두 모자를 그대로 하늘의 별자리로 옮겼다. 그로부터 아르카스와 그의 어머니 칼리스토는 하늘에서 큰곰자리, 작은곰자리로 떠 있게 되었다고 한다.

헤라의 아들 아레스와 헤파이스토스

아레스Ares는 제우스와 헤라 사이에 난 아들로 군사의 신이었으나 그리스 신화 속에서 그다지 중요한 활약을 한 것은 없다. 그는 성정이 차갑고 잔인하여 아버지인 제우스조차도 별로 아끼지 않았다. 아레스는 피와 무자비의 대명사였으며 아들인 포보스Phobos(두려움)와 데이모스Deimos(패배), 그리고 누이인 투쟁의 여신 에리스Eris와 공포의 여신 엔요Enyo와 함께 다녔다.

그는 고대 그리스에서 그리 인기 있는 신이 아니었다. 헤파이스토스의 아내이자 사랑의 신인 아프로디테와의 밀애로 여러 신들 앞에서 망신을 당하고도 약속했던 죄값을 치르지 않은 것으로 알려져 있을 뿐이다. 그러나 로마 신화에서는 군신 마르스Mars라 하여 군사뿐만이 아니라 농업의 신으로도 알려져 크게 존경을 받았다.

헤파이스토스는 대장간의 불을 상징하고 쇠를 녹여 무기를 만드는 대장간 신으로 다리에 장애를 가지고 있었다. 제우스의 정처 헤라의 아들이지만 아레스나 헤파이스토스가 두각을 나타내지 못하고, 특히 헤파이스토스가 힘든 몸으로 지내야 했던 것은 헤라와 제우스의 반목과 질시를 의미한다고 볼 수 있다.

제우스가 스스로 머리에서 아테나를 낳게 되었을 때 헤라는 질투와 노여움으로 신들에게 맹세했다.

"나도 제우스의 피를 타고 나지 않은 나만의 아들을 낳고 말 거예요."

헤라는 대모 신 가이아에게 도움을 청해 아이를 혼자 가질 수 있는 약초를 구하고 그녀의 몸속에 새로운 신을 성장시킨다. 헤파이스토스의 다리 장애는 태생이라는 설과 제우스가 헤라와 다투다가 막 태어난 헤파이스토스를 던져버렸기 때문이라는 전승이 있다.

어쨌든 헤파이스토스는 장애를 가지고 살았지만 손재주 많은 훌륭한 대장장이 신으로, 신들의 궁전을 건축하였으며 옥좌를 만들었고 무기도 관리했다고 전해진다.

메신저 헤르메스와 화로의 여신 헤스티아

헤르메스Hermes 신은 올림피아 신들의 전령관 역할을 했다. 양치기, 여행, 상인, 측량, 문학, 체육, 도적과 같은 이미지의 신으로 무엇보다 교활함과 총명함으로 유명하다.

그는 아르카디아 지역을 포함한 그리스 전지역의 제전에서 숭배되었으며 올림포스 12신 중 제우스의 심부름꾼으로 알려져 있다. 헤르메스는 깃털이 달린 신발을 신고 모자를 쓰고 다니며 일을 성사시키는 것이 바람보다 빠르기로 소문나 사업과 거래의 신으로도 알려져 있다.

헤르메스는 거인 아틀라스Atlas의 딸 마이아Maia와 제우스의 사이에서 태어났다. 헤라가 자고 있을 동안 제우스는 아르카디아의 키레네 산의 동굴에서 마이아를 또 다른 연인으로 맞았다. 놀라운 것은 헤르메스가 바로 그 다음날 새벽에 탄생한 것이었다.

그와 아폴론 사이의 일화는 헤르메스의 교활함과 재치를 단면적으로 보여주는 한 가지 이야기이다.

헤르메스는 흔적이 남지 않도록 교묘하게 아폴론의 목장에 잠입해 들어가 암소 한 무리를 몰고 나왔다. 그리스로 돌아오는 길에 어느 허름한 헛간에 소들을 숨겨놓고는 그 중 한 마리의 소를 잡아 그 내장과 거북이 등으로 고대 그리스 최초의 7현 수금을 만들었다. 그리고는 막 태어난 어린 신답게 침구 속으로 들어갔다. 아니나 다를까 아폴

론이 곧 찾아왔다.

"헤르메스! 소들은 어디에 있지? 말하지 않으면 타르타로스(지하 명계의 가장 밑 세계)의 어둠 속에 너를 쳐넣을 것이다."

"저는 모릅니다. 막 태어난 제가 어찌 그렇게 큰 잘못을 하겠습니까? 저는 어린아이에 불과합니다."

결국 아폴론은 제우스 신 앞에 헤르메스를 데리고 갔다. 그리고 설명을 했다. 하지만 헤르메스는 도리어 "아버지 제우스 신이여. 그는 어린 저에게 폭력으로 협박하며 타르타로스에 떨어지게 한다고 합니다. 그는 젊고 힘도 셉니다. 하지만 저는 이제 갓 태어난 어린 신일뿐입니다."라고 말했다.

아폴론은 헤르메스의 능청에 머리끝까지 화가 났다. 이미 정황을 다 알고 있던 제우스는 크게 웃으며 이 형제들에게 화해를 명하며 헤르메스가 암소를 감추어 놓은 곳으로 아폴론을 인도하도록 했다.

마침내 아폴론이 암소를 찾아 돌아가기 위해서 버들가지로 암소들을 묶으려 했으나 헤르메스가 미리 버들가지를 땅에 깊이 박아 꼼짝 않도록 해놓았기 때문에 아폴론은 금방 그리 할 수 없었다. 그러는 동안 헤르메스는 수금을 켜면서 신들의 질서에 대한 아름다운 노래를 불렀다.

헤르메스의 명쾌한 수금소리에 순식간에 반한 아폴론은 화를 가라앉히고 수금과 암소들의 교환을 제안했다. 이후 아폴론은 그 수금으로 날마다 노래히었으며 아폴론을 묘사한 그림과 조각품들에는 늘 수금이 그려져 있다.

헤르메스는 플루트와 팬파이프도 최초로 고안해 아폴론은 이것들 역시 협상하여 가져갔다. 그 보답으로 헤르메스는 아폴론에게서 황금봉과 예언의 작은 돌을 얻어내

어 후에 케리케리온이라는 '전령의 지팡이'로 명하고 늘 가지고 다녔다. 그런 협상을 주거니 받거니 하면서 둘은 오히려 가까운 사이가 되었다. 헤르메스는 이후 제우스의 메신저로 늘 제우스 가까이 있었다.

올림포스 12신 중에서 여신 헤스티아Hestia는 고대 생활의 중심이던 화로를 신격화한 것이다. 제우스 신은 신에게 바쳐지는 예물을 언제나 제일 먼저 헤스티아에게 보내

주었다. 헤스티아는 데메테르, 헤라와 함께 올림피아 1세대 여신으로 간주되었으며 레아와 크로노스의 장녀이자 막내딸로도 기록된다. 크로노스가 삼켰다가 다시 토해내었을 때 순서가 바뀌기 때문이다.

전승에 따라서는 디오니소스 신이 헤스티아 대신 올림포스 12신으로 꼽히기도 한다. 헤스티아에 관해서는 특별히 전해 내려오는 이야기가 많지 않다. 헤스티아는 가정의 수호신이었고 모든 가정의 중심인 화로와 부엌이 바로 그녀의 제대라고 알려져 있다.

또 하나의 강력한 신
디오니소스

그리스 신화의 전승에 따라 올림포스 12신에 꼽히지 않을 때도 있긴 하나 제우스만큼이나 막강한 힘과 영향력을 가진 신이 있었으니 바로 디오니소스Dionysos이다.

디오니소스의 출생에 관한 전설들

카드모스의 딸 세멜레에게 넋을 잃은 제우스는 매일 밤

그녀에게 "네가 원하는 것은 무엇이든지 들어준다."고 약
속한다. 응징의 기회를 보고 있던 헤라는 세멜레의 유모
모습으로 변신하여 세멜레에게 찾아갔다. 헤라가 말하길,
다시 그가 오면 사랑의 확인을 위해 "제우스 당신이 헤라
를 찾을 때의 모습을 보여 달라."고 부탁해보라고 일러주
었다.

다음날 제우스는 그녀의 청을 듣고 매우 당황했다. 그
러나 신으로서 약속한 이상 그것을 깰 수는 없었다. 천둥
과 번개의 위력을 가지고 나타난 제우스 앞에서 인간 세
멜레는 타죽게 된다.

그러나 이미 홀몸이 아니었다. 그 사실을 알고 제우스는 급히 신성을 받은 불사의 태아를 구해내어 자신의 허벅지에서 키워 탄생시킨다. 이 아이가 바로 디오니소스다. 그는 세멜레의 여동생 이노Ino에게 맡겨진다. 그 후 헬리콘(그리스 중동부)의 누사 산 님프들이 양육하게 된다.

또, 시실리 섬의 전설에서는 디오니소스가 제우스와 페르세포네와의 사이에서 태어난 아이라고도 한다. 그 전설에 의하면, 제우스의 밀장에 화가 난 헤라는 티탄 족으로 하여금 장난감으로 아기 디오니소스를 유인한 다음 삼켜버리도록 하지만 아테나, 레아, 혹은 데메테르에게 도움을 받아 그의 심장만은 살아남아 제우스가 다시 그를 탄생시켰다고 한다. 이러한 배경에서 디오니소스는 '두 번 태어나는' 운명을 가진 신으로 알려져 있다.

주신酒神 디오니소스

로마식 이름으로는 바커스Bacchus로 알려진 디오니소스는 두 가지 상충되는 모습을 가지고 있다. 그는 포도주와 농업, 자연의 풍요로움 등의 긍정적이고 밝은 풍유와 즐거움의 신인가 하면, 또 한편으로는 이단의 의식, 즉 정신적 도취와 열광을 통해 삶의 해방감과 절정을 느끼는 비밀의식을 퍼뜨린 퇴폐적인 신이기도 하다.

학자들은 그가 선사시대 이전 현재의 터키 중부 프리지아Phrygia 지역의 신과 그리스 지방에 존재했던 농업과 자연의 신이 융합된 것이 아닐까 추측하고 있다.

디오니소스는 방방곡곡을 돌아다니며 가는 곳마다 포도 재배와 술을 빚는 기술을 퍼뜨렸다. 술과 향유의 멋을 지닌 그는 언제나 대중들의 인기를 한몸에 받았는데, 특히 여자들이 열광적으로 따랐다. 제우스가 남자들의 신이었다면 디오니소스는 여자들 사이에서 또 다른 제우스라고도 할 수 있다.

디오니소스는 자신을 따르는 여자들을 데리고 고향 테바이로 돌아왔다. 테바이의 왕은 카드모스 왕의 손자 펜테우스Pentheai였다. 술을 마시며 춤과 노래에 열광하는 모습을 본 젊은 왕은 '이런 미친 짓을 하는 집단은 해체시켜야 된다.'고 생각했다.

더욱이 펜테우스는 자신의 어머니 아가베Agave가 그 선두에 서서 술과 향응을 즐기고 다님을 알게 되었다. 곧 그녀와 왕가 부인들을 가두고 디오니소스와 어울리지 못하게 하였다. 그리고 디오니소스를 체포했다. 그는 아무 저항도 하지 않았다.

하지만 옥에 가두어도 포승이 저절로 끊어지고 감옥의

문이 저절로 열렸다고 한다. 결국 펜테우스의 어머니인 아가베는 디오니소스의 광기어린 향응에 중독되어 이성을 잃고 자신의 아들까지 목숨을 잃게 만든다.

　왕 앞에 끌려온 디오니소스는 도리어 냉정하게 "신에게 무력을 사용해서는 안 된다."고 충고했다. 그러나 노한 펜테우스 왕은 한치의 망설임도 없이 그를 추방하고 말았다.

디오니소스와 함께 산으로 도망온 여자들 속에는 펜테우스 왕의 어머니, 즉 카드모스의 딸 아가베와 그 자매들도 섞여 있었다. 왕은 자기 눈으로 그녀들의 광기를 확인하려고 여자로 변장하여 산으로 갔다.

하지만 디오니소스와 함께 술기운에 취해 있던 그들의 눈에는 펜테우스의 모습이 오히려 괴물로 보였다. 이러한 환각 현상을 학자들은 디오니소스적 광기Dionysic Madness라

고 하기도 한다.

여러 명이 한꺼번에 달려들어 나무, 곤봉 등으로 왕을 때려 눕혔다. 디오니소스의 자유분방함의 개방성, 광기 그리고 술의 축제가 부르는 환락과 파괴력을 보여주는 비극적 이야기다.

디오니소스의 아내로는 단지 한 사람 아리아드네Ariadne만이 알려져 있다. 아리아드네는 제우스와 에우로페 사이에서 난 아들 미노스(크레타 섬의 왕)의 딸이다. 아리아드네는 명과 암 즉, 빛의 양면을 가진 여신으로, 디오니소스를 만나기 전 테세우스Theseus와의 인연도 미노스의 '미궁Labyrinth(뒤얽혀 복잡한 길) 이야기'를 통해 잘 알려져 있다.

미노스의 아내 파시파에Pasiphae가 낳은 반인반마伴人牛馬 즉 미노타우로스Minotauros를 가두기 위해 미노스가 다이달로스Daidalus에게 명하여 미궁을 만들었고, 이어 미궁에 갇힌 미노타우로스를 퇴치하러 들어간 테세우스를 그의 연인 아리아드네가 실타래로 구출해내는 이야기이다.

그 후 데이아 섬(후에 낙소스 섬)에서 그만 생명이 다해 인간 세상을 떠나게 된 아리아드네를 디오니소스가 신의 세계로 거두어 올려 아내로 맞이했다. 디오니소스는 결혼할 때 아리아드네가 썼던 왕관을 별들이 반짝이는 밤하늘에 걸어두었다고 한다.

III
영웅 시대

이제부터는 신들만의 세상을 벗어나 인간들과의 복합적인 관계가 열리는 영웅 신화로 무대를 옮겨보기로 하자. 신들만의 시대보다 이야기가 더 복잡히고 다양하나.

아이올로스
일족의 이야기

신들 중에서 늘 인간의 편이었고 인간을 좋아했던 프로메테우스Prometheus 신의 이야기로 다시 돌아가 보자.

프로메테우스 신의 아들인 데우칼리온Deucalion은 인간으로서 그리스 인의 시조로 알려져 있다. 데우칼리온 시대의 제우스 신은 청동시대에 있었던 인간을 멸망시키기 위해 대홍수를 일으킨다.

데우칼리온과 그의 아내 피라Pyrrha(판도라의 딸)는 프로메테우스의 가르침을 받아 방주를 만들어 홍수를 면했다. 그들이 파르나소스Parnassos 산(그리스 중남부)에 다시 발을 내려놓을 수 있게 되자 어떻게 다시 인류를 번성시킬 수 있을지에 대한 지략을 테미스의 신탁을 통해 받는다.

그 신탁의 내용인즉, 그들의 어머니의 뼈를 어깨 너머로 던지라는 것이었는데, 생각해보니 어머니란 바로 대지이며 그 대지의 뼈는 흙에 묻힌 바위이기에 신탁대로 하였다.

피라에 의해 던져진 돌은 여자가 되고 데우칼리온이 던진 돌은 남자가 되었다. 홍수를 피할 수 있었던 피라와 데우칼리온은 그렇게 그리스 인의 조상 헬렌Hellen을 낳는다. 그리고 헬렌으로부터 아이올로스Aiolos 일족이 등장하게 된다.

첫째 오디세우스Odysseus의 아버지 시시포스Sisyphus의 이야기가 있다.

시시포스는 인류 시초의 원인原人 모습과 같은 형상을 지녔다고 한다. 책략과 술수에 능했던 헤르메스 신과 키오네Chione와의 사이에서 아우토리코스Autolycus를 낳았는데, 배짱이 두둑한 아우토리코스는 과감하게도 시시포스의 소를 훔쳤다. 너무나 교묘하게 처리했으므로 아무도 눈치채지 못했으나 신기하게도 소 발굽에 "아우토리코스가 나를 훔치다."라는 글자가 나타났다.

시시포스가 절묘한 장치를 해둔 것이었다. 아버지 헤르메스 신을 빼다박은 교활한 아우토리코스노 시시포스의 지혜에 결국 항복하게 된 것이다. 그리고 그 대가로 아름다운 딸 앤티크레아를 시시포스에게 내어주게 된다. 그 사이에서 태어난 아이가 트로이 전쟁에서 전략가로 활동하는 오디세우스다.

시시포스는 테티스와 오케아노스의 아들 아소포스 Asopos(강의 신)가 낳은 딸 아이기나Aegina를 제우스 신이 겁탈하는 것을 보고 폭로한 적이 있다. 화가 난 제우스 신은 죽음의 신인 타나토스Thanatos 신을 보냈으나 시시포스는 제우스 신의 명을 받고 온 타나토스 신을 묶어버렸다.

하지만 제우스의 분노는 결국 시시포스를 죽음의 세상으로 보내고야 만다. 시시포스는 죽음의 길을 떠나며 아내 메로페(아르테미스와 함께 다녔던 동정 님프들 중 하나)에게 명계에 바쳐질 자신의 예물을 정해진 양보다 적게 하도록 일렀다. 명계의 주신인 하데스 신과 페르세포네 신은 크게 분노했다. 시시포스는 교묘한 말솜씨로 페르세포네 신을 설득한다.

"나를 지상에 다시 보내주시면 직접 그 일을 처리하지요. 예물을 훨씬 더 많이, 충실하게 바치지요."

이렇게 해서 시시포스는 다시 용하게 살아 돌아왔다. 그러나 돌아온 기쁨도 잠시, 그는 명계의 신들을 기만한 대가로 이번엔 큰 바위를 어깨에 지고 가파른 언덕을 오르는 명계의 형벌을 받아야 했다. 정상까지 힘들게 바위를 밀어 올리면 다시 밑으로 굴러 떨어져 그는 평생 바위를 지고 산을 올라가는 고통 속에 살아야 했다.

탄탈로스 일족의 이야기

다음은 탄탈로스Tantalos 일족의 이야기를 옮겨보기로 한다. 탄탈로스는 제우스 신의 자식이라고 말하지만 데우칼리온과 같이 원인原人의 한 사람이고 인간의 시조 프로테우스Proteus의 아버지다. 그의 또 하나의 아들 펠롭스Pelops는 그리스 대부분의 땅인 펠로폰네소스의 이름과 관련된 것이다.

펠롭스

히포다메이아Hippodamia(말을 모는 여인)의 아버지인 오이노마우스Oenomaus는 사위에게 살해당하는 비극적 예언에 놓여 있었다. 그래서 오이노마우스는 운명이 그를 삼키기 전에 능동적인 대처를 하지 않으면 안 되었고 필연코 그의 딸과 결혼할 사람을 합법적으로 처단할 방도가 필요했다.

그러던 중 그는 전차시합을 생각해냈고 그 시합에서 반드시 사윗감을 이겨야 했다. 딸에게 청혼하는 자는 운명적으로 그와 전차시합을 하지 않으면 안 되게 되어 있었

다. 구혼자는 히포다메이아를 전차에 태우고 달리기 시작한다. 오이노마우스는 희생양을 신들에게 예물로 바치고 이 처절한 경기에 임한다. 구혼자는 먼저 전차를 달려야 결혼할 수 있지만 뒤처져서 가게 되면 결혼은커녕 목이 날아간다.

오이노마우스는 아버지 아레스 신으로부터 질풍처럼 빨리 뛰는 말 두 마리를 물려받은 이래 승승장구하고 있었다. 그의 궁전에는 이미 열세 청혼자들의 목이 걸려 있

었다.

한편 펠롭스는 포세이돈 신으로부터 황금 마차를 받았다. 청혼하러 온 빛나는 펠롭스의 모습을 보고 사랑에 빠져버린 히포다메이아는 헤르메스의 아들이며 그녀를 짝사랑하고 있던 마부 미르틸러스Myrtilus에게 "펠롭스를 도와주면 당신을 사랑하겠다."고 거짓 약속을 한다.

그 말에 눈이 먼 미르틸러스는 그녀의 아버지 오이노마우스의 전차에 쐐기를 꽂아 놓는다.

아레스 신과 포세이돈 신으로부터 각각 말과 전차를 물려받은 오이노마우스와 펠롭스는 그리스 전역을 달리며 치열한 경합을 벌였고, 마침내 오이노마우스의 전차 바퀴가 떨어져나가 결국 그는 죽음의 세계로 가고 만다. 말몰이 미르틸러스는 바퀴가 떨어져나갈 때 재빨리 뛰어내렸으나 히포다메이아와 펠롭스의 승리의 마차는 거짓 약속을 뒤로 하고 그 역시 명계로 내쳐버린다.

형제의 싸움

펠롭스의 자식인 아트레우스Atreus, 티에스테스Thyestes 형제에게는 아르고스의 공동 통치를 둘러싼 권력싸움과 갈등의 이야기가 있다. 그 원인은 헤르메스 신의 아들 미르틸러스가 펠롭스와 히포다메이아에게 죽임을 당한 뒤 헤르메스 신이 가졌던 펠롭스 일가족에 대한 원한이 낳은 결과라고 전해진다.

헤르메스 신의 아들 판Pan(산의 염소) 신은 아트레우스의 양떼 무리 속에 어린 금양을 한 마리 섞어 놓았다. 티에스테스는 형의 신부 아에로페Aerope가 그에게 연정을 품은 것을 눈치채고 "금양을 손에 넣게 해주면 애인이 되어주겠다."고 말했다.

미케네Mycenae의 평의회에서 아트레우스는 이미 아이로페로 인하여 어린 금양이 티에스테스 손에 넘어간 줄도 모른 채, 장자 상속권과 자신의 양 무리 속에서 신성한 징후처럼 발견된 금양의 소유자라는 것을 이유로 왕위는 자기 것이라고 주장했다. 그러자 티에스테스는 말했다.

"어린 금양을 가지는 자가 왕이 되어야 한다고 지금 말하는 것이오?"

"그렇다."

"그러면 나도 그에 찬성하겠소."

그 취지가 공시되자 미케네의 신전은 황금으로 장식되고 제단에는 불이 빛나고 어린 금양을 칭송하는 노래 소리가 퍼졌다. 그때 동생 티에스테스는 천사들을 자기 집으로 초대해서 새끼 금양을 보였다. 그렇게 해서 동생인 티에스테스가 왕으로 추대될 참이었다.

이때 제우스 신이 기묘한 발상을 하여 형 아트레우스를 돕는다. 아트레우스가 동생 티에스테스에게 "혹 태양이 하늘에서 거꾸로 돌아가면 왕위를 양보하겠는가?" 하고 기상천외한 제의를 하자 티에스테스는 "아아! 그런 일은 일어나지도 않겠지만 만에 하나 그런 일이 일어나면 왕위를 양보하지요."라며 자신 있게 대답했다.

이때 제우스 신이 에리스Eris 신(불화와 투쟁의 여신)의 도움을 얻어 태양을 역행시켰다. 중천에 머물고 있던 태양의 신 헬리오스는 말머리를 새벽 쪽으로 다시 돌렸다. 그에 따라 별들도 투덜거리면서 왔던 길을 되돌아갔다. 그날 밤, 이례 없이 태양은 동쪽으로 졌다. 할 말이 없어진 티에스테스는 국외로 추방되었고 아트레우스는 미케네의 왕이 되었다.

그러나 두 형제의 싸움은 이것으로 끝나지 않았다. 아내가 잠시나마 티에스테스를 도우려 했던 것을 알게 된 아트레우스는 분노를 감추고 화해를 가장하여 티에스테스의 귀국을 권했다.

형이 이미 왕이 되었고 시간도 꽤 지난 터라 티에스테스는 마음을 푹 놓고 세 아들을 데리고 고국으로 돌아왔다. 아트레우스는 환영 연회를 열고 화해를 축하하는 듯했으나 곧 동생의 세 아들들을 살해해버린다. 안심하고 있던 중에 형에게 속아 아들들을 잃은 티에스테스는 복수심에 몸을 떨며 델포이의 신탁을 구한다.

페로피아와 아이기스토스

델포이의 신탁은 놀랍게도 "너의 딸로 하여금 너의 힘이 되어 줄 아들을 새로 생산하도록 하여라."고 했다. 티에스테스는 시키온에 가서 얼굴을 감추고 딸 페로피아와 밤을 보내려 한다. 페로피아는 자신을 겁탈하는 자가 누구인지도 모른 채 단지 저주스런 마음으로 침입자의 칼을 몰래 숨겼다.

아트레우스는 독심을 삭이지 않고 티에스테스를 계속

추적했으나 이미 동생은 그곳을 떠난 후였다. 티에스테스를 완전히 물리쳤다고 생각한 아트레우스는 후에 조카격인 페로피아와 결혼했다. 얼마 안 되어 아이가 태어났으나 사실은 티에스테스의 아들이었다. 아이기스토스 Aegisthus였다.

그로부터 7년 후, 형 아트레우스는 왕위를 완벽하게 지키기 위해 자신을 아버지로 굳게 믿고 있던 아이기스토스

에게 티에스테스를 찾아내 죽이도록 사주한다. 아이기스토스는 아트레우스가 시키는 대로 한밤에 티에스테스를 찾아가 해치려 한다. 그러나 티에스테스는 잠에서 깨어나 도리어 아이기스토스가 든 칼을 쳐서 떨어뜨린다. 그런데 그 칼은 시키온에서 자신이 오래 전 잃어버린 칼이었다.

"이 칼이 어디에서 났느냐?"는 티에스테스의 물음에 아이기스토스는 "어머니에게 받았다."고 대답한다.

티에스테스는 아이기스토스의 어머니를 부르게 했다. 찾아온 페로피아는 놀라고, 티에스테스는 페로피아에게 물었다.

"이 검은 어떻게 된 것이냐."

"시키온에서 나를 범한 자의 허리춤에서 증거로 남겨 놓은 것이옵니다."

티에스테스가 "그것은 내 검이다." 하니 딸은 공포와 두려움과 수치심으로 떨었다. 그리곤 순식간에 그 칼을 자신의 가슴에 꽂아 마지막을 맞는다. 경악과 슬픔에 찬 티에스테스는 말했다.

"나의 아들, 너는 정녕 나의 아들이었구나. 내 아들들을 살해하고도 모자라 나마저 끝내 죽이려 하는 저 아트레우스를 응징하여 그 죄의 대가를 치르게 해다오."

아이기스토스는 티에스테스의 명을 실행했다. 뼈아픈 우여곡절 끝에 티에스테스는 다시 미케네의 왕이 되었다. 훗날 아트레우스의 아들 아가멤논도 역시 트로이 전쟁 후 아이기스토스에게 살해당한다.

테바이

앞서 말했듯 테바이Thebai는 카드모스 왕이 건설했다. 카드모스 또한 원인原人의 한 사람이다. 카드모스와 하르모니아Harmonia(조화의 여신) 사이의 딸인 세멜레는 제우스 신과의 사이에서 디오니소스를 탄생시켰으니 카드모스는 디오니소스 신의 조부가 되는 셈이다.

하르모니아는 아레스 신과 아프로디테 신 사이에서 생겨났다. 세멜레는 헤라 신의 감언이설에 속아 제우스 신에게 사랑이라는 이름으로 어떤 부탁이든지 들어줄 것을 간청했고, 그의 진짜 모습을 보는 것으로 그 사랑을 확인하는 순간 제우스 신의 작열하는 섬광에 타죽은 이야기는 너무도 유명하다.

악타이온의 죽음

세멜레의 자매인 아우토노에Autonoe는 남편인 아리스타이오스Aristaeus와의 사이에서 외동아들 악타이온Actaeon을 낳는다. 악타이온은 사냥을 좋아했다. 어느 날 그는 사냥을 마친 후 피로를 풀기 위해 샘을 찾아 숲속 깊이 들어갔다. 그런데 그가 찾은 샘에서는 아르테미스 여신이 님프들과 목욕을 하고 있었다. 악타이온이 나무 사이에서 나타났을 때 마침 아르테미스 여신은 나체로 물가에 서 있었다.

여신은 부끄러움과 노여움으로 말했다. "내 모습을 봤다고 말하고 다니지는 못하게 될 것이다." 하고는 샘물을 퍼부었다. 그러자 악타이온이 사슴으로 변해버렸다.

불행은 거기서 그치지 않았다. 사슴으로 변한 악타이온은 자신이 훈련시킨 사냥개들로부터 공격을 당하게 되어 비참한 최후를 맞는다.

오이디푸스의 비극

세멜레와 아우토노에의 동생 폴리도로스Polydoros의 가계에서도 비극은 일어났다. 그 비극은 폴리도로스의 손자이며 테바이의 왕인 라이오스Laios로부터 시작된다.

라이오스는 어려서 아버지 라브다크스가 세상을 떠나자 외척인 라이코스에 의해 길러졌다. 그가 어렸을 때는 제토스Zethus와 암피온Amphion이 권력을 찬탈하여 테바이를 다스렸다. 그러나 그 둘은 카드모스의 혈통이 테바이를 다스려주길 바라는 충신들의 반란으로 목숨을 잃고 왕위에서 내려왔다. 그 반란이 이루어지는 동안 라이오스는 펠로폰네소스의 피사의 왕 펠롭스에게 가 있었는데, 그때 펠롭스의 아들 크리시포스Chrysippus에 완전히 심취하여 동성애에 빠지게 되었다.

크리시포스는 아름다운 소년이었다. 크리시포스는 라이오스의 청을 거절하였으나 결국 강제로 테바이로 납치되어 라이오스의 욕정에 희생되고 말았다. 어려운 시절 라이오스를 반겨 보호해 주었던 펠롭스의 은혜를 원수로 갚은 셈이었다. 그 후 라이오스는 이오카스테Iocasta와 결혼했다.

그러나 델포이에서 아폴론 신으로부터, 태어나는 자식

에게 살해될 것이라는 예언을 듣자 그는 자손을 원하지 않게 되고 처를 포옹조차 하지 않는다. 그러던 어느 날 이오카스테는 남편에게 술을 마시게 하여 취해 있는 그에게서 아들을 얻는데 그가 바로 오이디푸스Oedipus(부은 발)이다.

두려움에 떨고 있던 라이오스는 예언이 실현되지 않도록 태어난 아이의 발에 잔인하게 못을 박고 몸을 묶어 키타이론Cithaeron 산 깊은 곳에 버렸다.

키타이론 산은 테바이와 코린토스Corinthos(그리스와 펠로폰네소스 중간)의 경계선에 있었다. 버려진 아이는 마침 아이가 없었던 코린토스 왕 폴리버스Polybus 부부에 의해 발견되고 그들의 아이로 양육된다.

성장한 오이디푸스는 사람들로부터 부모와 닮지 않았다는 말을 듣고 괴로워하다 델포이의 신탁을 부탁한다. 델포이의 신탁은 "치욕의 결정이 무엇인지도 모르는 너는 아버지를 죽이고 어머니와 결혼할 것이다."라고 외쳤다.

길러준 양친 폴리버스 부부를 부모로 알고 몹시 사랑했던 오이디푸스는 그 예언에 몸서리치며 사랑하는 부모에게 해를 미치지 않으려고 코린토스를 떠나게 된다.

세 갈래 길에 왔을 때 우연히 그는 거대한 전차와 마주치게 된다. 테바이 왕 라이오스와 마주친 것이다. 라이오

스는 길을 양보하지 않고 당돌하게 서 있는 젊은이에게
노하여 봉으로 후려갈기려고 했다. 그 잔인성에 격분한
오이디푸스가 곤봉을 휘둘러 싸움이 시작됐는데 결국 친
아버지인 라이오스를 죽이고 말았다.

스핑크스의 수수께끼

　오이디푸스는 테바이의 수도에 도착했다. 테바이는 그
때 대혼란에 빠져 있었다. 왕이 산적에게 맞아 죽었다는

소문이 흘러 다니는가 하면 테바이 교외 언덕에 괴물이 나타나서 사람들을 괴롭힌다는 무서운 얘기가 퍼져 혼란을 더해가고 있었다.

그 괴물은 헤라 여신이 보낸 스핑크스였다. 그 괴물은 수수께끼를 내어 맞히지 못하는 사람들을 잡아먹는 끔찍한 존재로 알려져 있었다.

"발이 두 개, 때로는 세 개, 그리고 어떤 때는 네 발인 동물이 있는데, 발이 네 개일 때 오히려 제일 동작이 느린 그것이 무엇이냐?"

이 물음은 델포이 신전 입구에 있는 "자기 자신을 알아라."와 같은 종류의 것이었다. 오이디푸스는 이 문제를 단번에 풀어버렸다.

"그것은 인간이다."

오이디푸스가 쉽게 맞춰버리자 스핑크스는 자취를 감추었다.

오이디푸스의 아이들

테바이는 스핑크스를 퇴치한 영웅 오이디푸스를 맞이하여 왕으로 영접하고 선왕의 왕비 즉 그의 생모인 이오카스테와 결혼시켰다. 그리하여 오래 전 오이디푸스에게 내려진 신탁 두 가지가 결국 모두 실현되었다.

오이디푸스와 이오카스테 사이에는 안티고네 등 2남 2 녀가 태어났다. 그런데 세월이 흐른 어느 해 역병이 테바 이를 덮쳤다. 그때 예언자 테이레시아스[5]가 왕궁을 찾아 와서 "질병을 막으려면 아버지를 죽이고 친모와 결혼한 자를 신에게 바쳐야 한다."고 했다.

같은 시기 오이디푸스에게는 코린토스의 왕비 페리보 이아Periboea의 편지가 도착했다. 폴리버스 왕이 죽은 것을 계기로 오이디푸스를 양자로 양육한 지난날의 이야기를 모두 적어 보내온 것이었다.

이로 인해 모든 것을 알게 된 오이디푸스의 생모 이오 카스테는 자살하고, 오이디푸스는 눈을 뜨고 있으면서도 보지 못한 자신의 운명과 오류를 슬퍼하며 스스로 두 눈

을 찔러 장님이 되었다.

오이디푸스는 그 후 불구의 몸으로 자학과 회한의 세월을 보내며 방랑자로 떠돌아다니다 크노소스Cnossos(크레타 섬의 북부)의 한 숲속에서 비참한 최후를 맞이하였다고 한다.

오이디푸스의 쌍둥이 아들인 폴리니케스Polynices와 에테오클레스Eteocles는 왕위를 두고 서로 싸웠는데, 잠시 아르고스에 피신한 폴리니케스는 테바이의 7명의 장군과 합심하여 에테오클레스를 공격했다.

전쟁은 폴리니케스 쪽의 승리로 끝났으나 형제는 서로 싸우다 죽었다. 싸움이 끝난 뒤 테바이의 실권자인 숙부 크레온Creon은 아군의 시신들을 거두어 정성들여 장사를 지내게 했다. 반면 적의 시체는 들개나 새들의 밥이 되도록 전장에 그대로 방치하도록 하였다.

두 형제의 여동생인 안티고네는 오빠의 시체가 버려져 있는 것을 참을 수가 없어 폴리니케스의 시체를 화장했다. 크레온의 아들 하이몬과 안티고네가 약혼한 사이임에도 불구하고 크레온은 법을 어긴 대가로 그녀를 산 채로 매장하려 했으나 그 전에 그녀는 자살하고 그 아래 여동생 이스메네도 함께 자살했다.

하이몬은 자신의 약혼녀를 죽인 아버지 크레온을 공격하고 자신도 목숨을 끊는다. 이 모든 끔찍한 죽음의 소식을 들은 크레온의 아내 유리디케도 자살해버리고 만다. 결국 오이디푸스의 형제들은 모두 잔혹하게 죽음을 맞았다.

---

5) 예언자 테이레시아스Teiresias – 원래 젊은 양치기였던 테이레시아스는 키타이론 산에서 두 마리의 뱀을 만나 지팡이로 암컷 뱀을 죽였다. 그러자 그는 여자로 변해 남자에게 사랑을 받고 살았다. 7년 후 또 그 자리에서 뱀을 보게 되자 이번엔 수컷 뱀을 죽인다. 그리곤 다시 남자로 살게 되었다.

어느 날 제우스 신과 헤라 여신이 남녀의 성관계에서 누가 더 쾌락을 얻는가를 두고 다투었을 때 양성을 다 경험한 테이레시아스가 자문을 하게 되었다. 그는 여자의 쾌락이 9배는 더 크다고 대답했다. 그 말은 헤라의 마음을 몹시 거슬러 헤라는 그를 맹인으로 만들어 버렸고 제우스는 그에게 놀라운 예언력을 선물로 내렸다. 그는 맹인이었지만 심안을 가지고 7세대에 걸쳐 장수를 누렸다고 한다.

크레타 섬

다시 신들의 이야기로 돌아가 보자. 우리는 제우스 신이 에우로페를 크레타 섬으로 유괴해서 미노스Minos를 낳은 데까지 여행했었다. 제우스 신이 떠난 뒤 에우로페는 크레타 섬의 왕 아스테리우스Asterius와 결혼했다. 둘 사이에는 아이가 태어나지 않아서 미노스를 포함한 에우로페의 아들 3형제를 양자로 삼았다.

왕비 파시파에

선왕인 아스테리우스는 섬을 3등분해서 세 형제에게 계승시키려고 했으나 야심 많은 미노스는 독자적인 왕이 될 것을 결심한다. 미노스는 신들에게 자신이 왕좌에 오르도록 도움을 주면 신들을 정성껏 섬기고 숭상하는 모든 일을 하겠다는 기도를 바친 다음 우선 포세이돈 신의 제단을 만들었다.

그리고는 신이 인정하는 자신의 모습을 위해 포세이돈에게 기적의 증표를 보내주길 기원했다. 바다는 미노스의 맹세를 받아들여 눈이 부시도록 아름다운 흰 수컷 소가 바다에서 나타나도록 했다. 크레타 섬의 사람들은 이런 기적을 보고 미노스의 왕위 계승을 인정한다.

미노스 왕은 즉위한 후 정의롭고 훌륭한 정치를 하여 이웃 제국에까지 큰 위세를 떨쳤다. 그러나 미노스는 한 가지 실수를 한다. 그는 기적의 증표로 받은 소를 다시 포세이돈 신을 위해 바치겠다고 맹세해놓고도 그만 그 아름다움에 반해 다른 소를 바쳤다.

바다의 신은 그의 속임수와 무례함에 분노하여 미노스에게 바로 그 아름다운 흰 소로 인해 고통을 치르도록 한다. 그 일은 미노스의 왕비 파시파에Pasiphae로 하여금 흰 소에 욕정을 가지도록 한 것이었다.

파시파에는 어느 날 느닷없이 생긴 자신의 부끄러운 욕정에 밤낮없이 고민한다. 그때 그녀의 머릿속에 떠오른 것은 명공 다이달로스Daidalos였다. 다이달로스는 본래 손재주로 유명한 공인이었다. 파시파에는 남몰래 그를 불러 그녀의 해괴한 욕정에 대해서 의논하고 도움을 청하였다.

왕비에게 접근할 수 있는 좋은 기회라고 생각한 다이달로스는 모든 지혜를 다 발휘하여 교활한 생각을 해냈다. 나무로 만든 암소를 만들어 포세이돈이 바다에서 보내어 온 수컷 소와 함께 두었다.

파시파에는 다이달로스의 교활한 꾀 덕에 암소 모양을 한 나무 조형물 안에서 수컷 소와 실컷 욕정을 불태우며 마음껏 즐길 수 있었다. 그리고는 끔찍한 괴물을 낳았는데 소의 머리를 가진 미노타우로스Minotauros이다.

미노스 왕은 이 추문을 숨기기 위해 역시 다이달로스에게 미궁Labyrinth을 만들게 하여 그 깊숙한 곳에 미노타우로스를 가둔다. 뿐만 아니라 철저한 비밀을 위해 미로를 만든 다이달로스와 그의 아들 이카로스Icarus까지 같이 미로 안의 옥탑에 감금시켜버렸다.

괴물의 모습은 숨겼지만 잔인하고 산 사람을 잡아먹는 미노타우로스로 인해 미노스 왕은 골치를 썩이고 있었다.

그러던 중 미노스의 아들 안드로게우스Androgeus가 아테네의 왕인 아이게우스Aigeus가 연 제전경기에 참가하게 되었다. 이 경기에서 연일 승리를 거두자 시기하는 자들이 안드로게우스를 죽이게 되고, 이에 분노한 미노스 왕은 아테네에 선전포고를 하기에 이른다.

하지만 미노스 왕은 9년마다 7명의 젊은 청년과 처녀들을 크레타로 보내어 미노타우로스의 제물로 삼을 수 있다면 평화를 보장하겠노라고 하였다. 세 번째 제물로 바쳐진 청년과 처녀들 무리에는 아테네의 영웅 테세우스 왕자

가 있었다. 테세우스는 자국의 청년들이 괴물의 제물로 희생되는 것이 안타까워 미노타우로스를 격퇴하기 위해 자원해서 7명의 젊은 청년 속에 들어갔다.

영웅 테세우스

크레타 섬에서 7명의 젊은 청년과 7명의 처녀들을 인수하러 온 배가 항구로 들어오자 아테네 시는 슬픔과 불안으로 휩싸였다. 노왕 아이게우스는 아들 테세우스를 눈물로 만류했으나 테세우스의 결심을 꺾을 수는 없었다.

배에는 아예 세상과의 이별을 뜻하는 듯 검은 돛을 달았다. 테세우스는 자기가 무사히 돌아오게 되면 멀리서도 승리를 알아볼 수 있도록 흰 돛을 달 것을 노왕에게 약속했다. 배가 드디어 크레타 섬에 도착했을 때 미노스의 딸 아리아드네는 의롭고 용감한 테세우스에게 한눈에 사랑을 느껴 어떻게 하면 그가 미궁에서 무사히 살아나올 수 있을지를 그 미궁을 만든 다이달로스에게 물어보았다.

꾀 많은 다이달로스는 미궁에 실타래를 가지고 들어가서 실 끝을 입구에 묶은 다음 미노타우로스를 찾아 격퇴할 때까지 실타래를 놓치지 말라고 일러준다. 하늘이 도운 듯 적지에서 천사와 같은 아리아드네를 만나 생명줄과도 같은 실타래를 얻게 된 테세우스는 용기를 내어 침착하게 미로에서 미노타우로스를 격퇴하고 제물로 희생될 뻔했던 13명의 청년과 처녀들을 구했다.

테세우스는 아리아드네라는 사랑까지 얻어 함께 크레타 섬을 탈출하여 행복한 시간을 보낸다. 하지만 행복도 잠시, 아테네로 돌아가는 귀로에서 아리아드네를 그만 잃고 만다. 디오니소스 신이 죽음을 맞이한 그녀를 천상으로 불러올려 아내로 삼았다고도 한다.

돌아오는 길에 아리아드네를 잃은 슬픔에 테세우스는 그만 흰 돛을 올리는 것을 잊고 있었다. 노왕은 먼 곳에서 검은 돛을 보고 낙담하여 절명해버린다. 그리하여 테세우스는 아테네의 왕이 된다.

한편 미궁 안에서 탈출을 꾀하던 다이달로스는 곤경을 벗어나는 길은 오직 새가 되어 날아오르는 길밖에 없다고 생각하여 새털과 밀랍으로 거대한 날개를 만들기 시

작했다. 아들 이카로스에게도 날개를 만들어주며 탈출 계획을 말했다.

"아들아, 이 아비의 말을 명심하여야 한다. 너무 낮게 날면 우리가 건너야 할 바다 위의 증기가 이 날개를 젖게 할 것이고 너무 높이 날면 태양의 더운 기운이 밀랍을 녹여 마침내는 깃털이 빠져 추락하게 되니 침착하게 아버지를 따라와야 한다."

얼마 후 사람들은 죽음의 미로 안에 솟아 있던 옥탑에서 큰 새 두 마리가 날아오르는 것을 보게 되었고 미노스 왕에게 이 사실을 고하였다.

미노스 왕과 사람들이 보는 가운데 거대한 날개를 단 두 사람은 작은 점들이 되어 자유를 향해 사라져갔다. 그들을 가두었던 미노스 왕을 조소하듯 마침내 자유를 찾아 하늘을 날던 이카로스는 희열에 가득 차 어느 순간 아버지의 충고도 잊고 마음껏 솟아오르기 시작했다. 독수리처럼 힘차게 높이 날던 이카로스는 그만 태양의 강렬한 빛에 날개를 잃어 추락하게 된다. 그가 떨어진 그 바다는 아직도 이카로스의 바다Icarian Sea로 불리고 있다.

다이달로스는 그 후 시실리로 도망쳐 지내다가 미노스 왕이 그를 찾기 위해 만든 수수께끼를 풀면서 다시 붙잡히게 되는 위험을 겪게 되나 미노스 왕의 급작스런 죽음으로 체포를 면하게 되었다는 이야기가 있다.

미노스의 아들 데우칼리온Deucalion은 아버지 뒤를 계승하여 테세우스를 추적하였고 그 아들 이도메네우스Idomeneus는 트로이 전쟁 때 크레타 섬 세력의 총수로 출전하게 된다.

트로이 전쟁의 서곡

테티스 신과 아킬레우스

오래 전부터 제우스 신은 바다의 여신 테티스Tethys에게 마음을 빼앗기고 있었다. 한편 포세이돈 신도 그녀에게 집착하고 있었다. 그러나 이 두 신 중 어느 쪽이든 테티스와 자식을 둔다면 그 자손은 아버지보다 더 강대한 힘으로 신들을 지배하는 새 시대를 개척하게 된다는 예언이 있었다.

그리스 신화에서 빠지지 않고 매 세대마다 등장하는 권력 전승에 관한 아버지와 아들의 갈등 이야기이다. 테티스 신은 이 예언을 이미 꿰뚫고 있던 터라 자신을 두고 경쟁하는 두 대신에게 충고했다.

제우스 신은 테티스 신이 결혼하되 신과 대적할 수 없는 인간을 낳도록 해야겠다고 생각했다. 그래서 선택된 신랑감이 아이아코스Aiakos의 아들 펠레우스Peleus였다. 아이아코스는 제우스 신과 여신 아이기나와의 자식이다.

테티스 신은 펠레우스를 배필로 맞이하도록 짜여진 정략결혼을 싫어했다. 그러나 펠레우스에게 그녀와의 결혼은 사랑을 구하기 위한 결투였다. 펠레우스는 보름달을

기다렸다. 은색의 발을 가진 테티스 신은 파도 속에서 솟아오르고 있었다.

펠레우스는 테티스 신을 껴안고 어떤 일이 있어도 놓치지 않으려 안간힘을 다하였다. 테티스 신은 해신海神으로서 가진 온갖 변신술을 구사했다. 불로 변하고 물도 되어 보고 사자와 뱀으로도 변해서 펠레우스의 팔에서 빠져나가려 했다.

그렇게 거부하던 그녀는 마침내 아름다운 물고기의 모습으로 펠레우스에게 안기고 만다. 이렇게 해서 태어난 아이가 트로이 전쟁에서 그리스를 위해 큰 공을 세운 영웅 아킬레우스Achilleus이다.

에리스의 사과

테티스 신과 펠레우스가 결합한 다음날 아침, 신들이 결혼을 축하하기 위해 모였다. 제우스 신은 헤라 신을 위시하여 모든 신을 초대하였다. 그러나 불화의 여신 에리스만은 초대하지 않았다.

분노에 찬 에리스 신은 불만스런 모습으로 향연의 장에 나타나 한 개의 능금을 던져 넣었다. 그 표면에는 "가장 아름다운 최고의 여신에게Callisto"라고 씌어 있었다.

그러자 여신들 사이에 재색과 힘에서 누가 최고인지 겨루게 되어 심한 대립과 증오가 발생했다. 특히 가장 위세가 당당한 헤라, 아테나, 아프로디테 이 세 여신 사이의 불화가 컸다.

트로이 왕가

트로이는 이다 산을 따라 흐르는 스카만드로스Scamandros 강 하류의 비옥한 언덕 위에 위풍당당하게 자리잡고 있었다. 트로이의 왕 라오메돈Laomedon은 포세이돈 신과 아폴론 신에게 후한 보상을 약속하며 트로이를 보호할 방벽을 부탁하였다.

방벽은 훌륭했으나 라오메돈은 약속을 어기고 그에 합당한 보상을 하지 않았다. 그러자 포세이돈 신은 바다의 괴물을, 아폴론 신은 질병을 트로이에 보냈다. 또, 아폴론 신탁은 "라오메돈의 딸 헤시오네Hesione를 속죄의 증거로 바치라."고 했다.

라오메돈은 신탁을 무시할 수 없어 포세이돈 신에게 헤시오네를 바치기 위해 그녀를 해안의 바위에 묶어두었다. 그러면서 라오메돈은 헤시오네를 구해주는 자에게는 포세이돈 신에게서 탈취한 신마를 주겠다는 이중적인 약속을 한다. 이때 영웅 헤라클레스Heracles가 나타나 괴물을 퇴치하고 헤시오네를 구한 일은 유명한 이야기다.

그러나 라오메돈은 상황이 나아지자 헤라클레스에게 또 다른 배신을 한다. 화가 난 헤라클레스는 트로이를 침공하여 파괴하고 라오메돈과 그의 자손들을 잡아 죽음에 이르게 한다.

라오메돈의 자손 중 단 하나 포다르케스Priamos(왕이 된 후 프리아모스로 개명)만이 용케 살아남게 되었다. 헤라클레스에게 헤시오네가 손수 짠 황금 베일을 주며 동생을 구해달라고 간청했기 때문이다. 포다르케스는 라오메돈의 막내아들로 후에 트로이의 왕이 된다. 그의 새 이름인 프리아모스는 '되 살아온 남자'라는 뜻이다.

헤시오네는 헤라클레스의 부하 텔라몬Telamon이 전쟁에서의 포상으로 데려가며 그의 아내가 된다. 그들에게서 태어난 아이가 테우케르Teucer(테우크로스라고도 한다)이다.

한편 누나의 도움으로 살아난 프리아모스(포다르케스)는 트로이 시를 재건한다. 그는 아내인 헤카베Hecabe 외에 많은 첩을 거느려 50명의 아들을 두었다. 장남 헥토르Hektor는 트로이 전쟁 때 아킬레우스와 맞서서 싸운 트로이 제일의 무장이다.

어느 날 헤카베는 또 임신을 하고 태몽을 꾸었는데, 꿈에서 그녀는 햇불을 낳게 되고 그 불이 트로이 시가지를 다 태워버린다. 프리아모스의 딸이자 예언자인 카산드라는 태어날 아이는 분명 트로이에 화를 가지고 올 위인이라고 예언한다.

하지만 프리아모스 왕은 갓 태어난 아들을 죽일 수 없

어 이다 산중에 버린다. 아이는 곰에게 발견되어 5일간 암
곰의 젖으로 연명하고 그 뒤에는 양치기들에 의해 키워진
다. 양치기들은 이 아이를 파리스Paris라고 이름지었다.

파리스의 판정

한편 제우스 신은 '칼리스트Callisto의 사과'를 세 여신
중 누구에게 줄 것인가를 고심하다가 판정을 회피했다.
결국 신들과 아무 이익관계에 있지 않은, 멀리 이다 산에
서 양을 치고 있는 파리스에게 그 결정권을 부여한다.

제우스의 메신저인 헤르메스 신과 세 여신이 나타났을
때 파리스는 머리카락이 거꾸로 설 것 같은 두려움에 떨
었다. 그러나 헤르메스 신의 설명과 권유로 그는 상황을
이해하게 되고 판정에 임하기로 한다.

파리스가 판정관으로 서게 되자 자존심 강한 헤라 신은
그에게 정치적 권력과 부를 약속하며 "잘 생각해봐요, 파
리스. 나를 가장 아름답다고 말해주면 그대를 전 아시아
의 군주로서 세상에서 보기 드문 부자로 만들어 주겠어
요."라고 말한다.

곧 이어 나타난 아테나 여신은 "내가 저 사과의 주인이
라고 얘기하면 그대에게 어떠한 전투에서도 승리할 수 있

는 힘과 지혜를 주겠소."라고 말한다.

또 아프로디테 여신은 "자아. 잘 봐요. 내가 얼마나 아름답고 매혹적인지 잘 봐두세요."라고 했다. 사랑의 여신이 너무 가까이 와서 파리스는 얼굴이 달아올랐다. 아프로디테는 또 "파리스. 스파르타의 헬레네Helene를 가질 생각은 없는가요?"라며 헬레네의 아름다움을 설명해주었다.

젊은 파리스는 권력이나 지략보다도 미모에 마음이 끌

렸다. 그는 황금사과를 아프로디테에게 주었다. 이 결정에 파리스가 트로이에서 버려진 왕자라는 것을 아는 헤라와 아테나 두 여신은 트로이를 멸망시킬 것을 함께 마음에 새기며 증오에 찬 모습으로 사라진다. 헬레네와 파리스가 바로 트로이 전쟁의 불씨가 되게 된 것이다.

헬레네 이야기

하지만 헬레네는 이미 스파르타의 왕 메넬라오스
Menelaos의 아내였다. 그러므로 파리스에게 남은 일은 메넬
라오스의 집에 침입하여 헬레네를 훔쳐오는 일이었다. 몇
몇 전승에 의하면 헬레네는 파리스가 나타났을 때 그와
사랑에 빠져 흔쾌히 따랐다고 한다.

헬레네와 메넬라오스의 결혼에 얽힌 이야기는 아가멤
논(메넬라오스의 형)의 대담성이 엿보이는 이야기와 함께
시작한다. 아가멤논의 아내 클리타임네스트라Klytaimnestra
에게는 이전에 사촌이자 남편인 탄탈로스가 있었다. 그런
데 아가멤논이 탄탈로스를 죽이고 그의 어린 자식을 빼앗

아 땅바닥에 내동댕이치는 끔찍한 폭력을 휘두른 후 클리타임네스트라를 자기 여자로 만들었다.

그러한 잔혹성은 또 다른 복수를 불러오게 되어 클리타임네스트라는 이후 아이기스토스Aegisthus(티에스테스와 페로피아 사이에서 태어난 아들)와 밀통하여 트로이 전쟁에서 개선한 아가멤논을 살해한다.

헬레네는 제우스 신과 레다의 딸로서, 후에 레다가 스파르타의 왕 틴다레오스Tyndareos와 결혼하여 얻은 딸 클리타임네스트라와 이복자매가 된다. 그러나 헬레네는 클리타임네스트라와 달리 제우스의 혈통을 받은 신의 자손이었다. 파시파에 그리고 아리아드네와 같이 눈부시게 빛나는 여신의 아름다움을 지닌 것은 당연한 일이었다.

헬레네의 미모는 그리스 신화의 여러 가지 다양한 전승에도 일관성 있게 나타난다. 그녀는 트로이 전쟁에 참가했던 거의 모든 영웅들이 구혼자였을 정도로 출중한 미를 간직하고 있었다.

눈부신 미모의 헬레네였으므로 아카이아Achaea(펠로폰네소스 반도의 북부) 전지역에 걸쳐 알려졌고, 아버지 틴다레오스는 이타카 섬(그리스 반도의 서편)의 왕 오디세우스Odysseus의 조언에 따라 신사협정을 정립한다. 모든 구혼자들이 그녀에게 거절을 당하더라도 헬레네가 최종적으로 선택하는 사람을 인정하고, 힘을 합해 그 결혼을 보호해 줄 것을 구혼의 조건으로 언약받은 것이다.

헬레네는 최후 선택의 순간에 사랑의 화관을 메넬라오스에게 건네주었다. 그리스의 모든 영웅들이 그녀와 결혼하기 위해 겨루고 있는 동안 미케네 왕 아가멤논은 동생 메넬라오스가 헬레네와의 결혼에 성공하도록 도왔다.

그녀가 파리스에 의해 납치되어 트로이로 사라지자 남편 메넬라오스는 자신에게 사랑의 화관을 준 것을 상기하여 아카이아에 있던 여러 구혼자들에게 힘을 합해 그리스가 당한 불명예스러운 일을 씻자고 요청했고, 마침내 트로이 전쟁이 시작되었다. 헬레네에게 구혼했던 영웅들이 바로 그 헬레네가 불씨가 되어 발발하게 된 전쟁에서 그리스의 명예를 걸고 같이 싸우는 전우가 된 것이었다.

그 중에는 트로이 전쟁중 아킬레우스가 전사했을 때 제2의 아킬레우스가 되어 활약하는 아르고스의 왕 디오메데스Diomedes와 이타카 섬의 왕 오디세우스도 있었다. 오디세우스는 헤라클레스의 부하 텔라몬의 또 다른 아들인 아이아스Aias가 영웅 아킬레우스 사후 차지하고 있던 '아킬레우스의 무기'를 다시 쟁취해 트로이 전장에 나서게 되는 영웅이다.

그 외에도 헬레네를 원했던 영웅 중에는 종군의사 마카

온, 그리고 포달레이리오스, 아가페노르, 스테넬로스, 탈피우스 등 수십 명이 넘는 장군들과 그리스의 명사들이 포함되어 있었다.

다시 트로이 전쟁 이전, 트로이의 왕자 파리스가 이렇게 많은 영웅들과의 경쟁 속에서 극적으로 헬레네를 차지하게 되기까지를 좀더 얘기해 보자.

파리스의 구혼

스파르타를 찾아온 파리스를 메넬라오스는 9일간 정성을 다하여 환대했다. 그 9일 동안 파리스는, 칼리스토 사과를 준 보상으로 헬레네를 얻게 해주겠다던 아프로디테 신의 약속을 상기하며 노골적으로, 그리고 자신감 있게 헬레네에게 접근하였다.

파리스는 한숨으로 의중을 고백하기도 하고 그녀의 술잔을 받아서 자기 입술에 갔다 대어보기도 하고 포도주를 손에 찍어 테이블에 "헬레네여. 사랑합니다."라고 쓰기도 했다. 헬레네는 파리스의 그런 행동에 자기가 파리스의 열정이 일어나도록 먼저 유혹한 것이라고 남편이 의심하지 않을까 하여 마음을 졸이며 애를 태웠다.

파리스가 스파르타에 머문 지 10일째 되는 날, 마침 메넬라오스가 아트레우스Atreus의 장례식이 행해지는 크레타 섬으로 떠나게 되었다. 아트레우스는 '두려움이 없는' 이란 뜻으로, 펠롭스와 히포다메이아의 아들이자 아가멤논과 메넬라오스의 아버지였다.

메넬라오스가 떠나자 헬레네는 왕가의 보물을 모두 끌어모아 파리스가 준비한 배에 탔다. 함께 사랑의 도망 길

에 오른 것이었다. 헬레네의 결심에는 아프로디테 여신의 힘이 크게 작용했다.

하지만 정식 결혼의 수호자이자 아프로디테에게 칼리스토의 사과를 빼앗긴 헤라 신의 방해로 둘은 폭풍을 만나 키프로스 섬, 시돈, 페니키아, 이집트 등을 거쳐 수개월 만에 겨우 파리스의 나라 트로이로 갈 수 있었다.

트로이의 왕녀이자 예언자 카산드라는 "이것이 바로 장래 나라를 망하게 하는 것"이라고 예언했으나, 아폴론 신의 트로이에 대한 저주에 최면이라도 걸린 듯 트로이의 누구도 이 예언을 주시하는 사람이 없었다.

트로이
원정군의 편성

헤라 신은 불화의 어신 에리스를 크레타 섬의 메넬라오스에게 보내 헬레네와 파리스의 도주 사건을 알렸다. 메넬라오스는 곧 형 아가멤논을 찾아가 이 불명예스럽고 치욕적인 일에 대한 방책을 연구했다.

그때 아가멤논이 다스리던 미케네는 그리스의 전 영토를 사실상 장악하고 있을 만큼 세력이 강했으나, 그리스 연합군이 집결하여 군을 형성하고 트로이로 진격할 때까지는 10년이라는 세월이 걸렸다.

오디세우스의 종군

꾀 많은 오디세우스는 일단 참전을 위해 트로이에 가면

20년 동안 귀국할 수 없다는 신탁을 받아 그것을 피하기 위해 미친 사람 흉내를 내며 출전을 피하려 했다.

아가멤논, 메넬라오스, 그리고 팔라메데스Palamedes가 종군을 독려하기 위해 이타카 섬으로 찾아왔다. 오디세우스는 농부 모자를 쓰고 조랑말과 황소를 함께 부리며 땅을 갈고 있었다. 어깨 너머로 보니 종자 대신 소금을 뿌리고 있었다.

그 모습에 팔라메데스는 오디세우스의 아내 페넬로페Penelope의 품에서 어린 아들 텔레마커스Telemachus를 빼앗았다. 그리고는 오디세우스가 밭을 갈고 있는 황소 앞에 놓았다. 오디세우스는 어린 아들을 보자 아이가 다칠세라 황급히 황소를 멈추었다. 미친 흉내는 이렇게 해서 탄로가 나버렸다.

아킬레우스의 참전

아킬레우스의 입장도 복잡 미묘했다. 아폴론의 예인자이며 트로이를 배신한 칼카스Calchas의 예언을 보더라도 아킬레우스 없이는 트로이를 공략할 수 없다는 것을 알고 있었다.

아킬레우스의 모친 테티스 신은 아킬레우스를 스틱스Styx 강(저승을 돌아 흐르는 강)에 담가 불사신의 몸으로 만들려 했으나 그녀가 손으로 쥐었던 뒤꿈치는 초능력에서 제외되어버렸다. 아킬레우스가 출전하면 살아서 돌아오지 못할 것을 잘 알고 있던 테티스 신은 자식을 트로이에서 영광스럽게 죽게 할 것인가 무명으로 고향에서 오래 살게 할 것인가를 두고 고민했다.

테티스 신은 아킬레우스가 아홉 살이 되자 그때부터 소녀의 모습으로 변장시켜 스키로스Scyros의 왕 리코메데스Lycomedes의 궁에서 키우게 된다. 후에 오디세우스, 네스토르Nestor, 아이아스가 스키로스 섬을 찾았다. 그들은 공주들에 대한 선물로 보석 허리띠며 여자 의상을 산더미처럼 준비하고 그 밑에는 창과 방패도 함께 두었다.

꾀 많은 오디세우스는 궁전 밖 부하들에게 나팔을 불게 하고 갑옷과 무기들이 부딪치는 소리를 내도록 하였다. 그러자 공주들 중에서 윗옷을 벗어버리고 창과 방패를 잡은 소녀가 있었다. 아킬레우스는 이미 더 이상 감출 수 없는 열다섯 살의 건장한 남자가 되어 있었던 것이다.

그렇게 아킬레우스는 자신의 정체성을 다시 찾고 함께 자란 데이다메이아Deidamea와 부부가 되었다. 그들에게서 태어난 아이가 네오프톨레모스Neoptolemus(새로 전장에 참가하는 자)이다.

제1차 원정군의
실패

　　　　　　　　그리스는 대대적인 군
　　　　　편성을 마치고 본토 바닷가 아우리스
에 집결했다. 이때 크레타의 왕이며 미노스의 손
자인 이도메네우스가 아가멤논에게 "최고 사령권을 공유
한다면 트로이에 군선들을 출전시키겠다."고 하자 아가
멤논이 이를 받아들여 크레타·그리스 연합군이 편성되었
다.

　육군은 아가멤논을 사령관으로 하여 오디세우스, 팔라
메데스, 디오메데스가 부관이 되었다. 해군은 아킬레우스를 사령관으로 하여 아이아스와 포이닉스Poenix가 보좌하기로 했다. 이렇게 해서 그리스의 선대는 아우리스를 출발했으나 도중에서 비닷길을 잘못 잡아 그만 미시아Mysia(지금의 터키 북서 해안)로 향하고 말았다. 처음에는 그곳이 트로이인줄 알고 공격을 개시하였다.

미시아의 왕 텔레포스Telephos는 즉시 반격하여 적장 중 하나를 죽였으나 자신도 아킬레우스의 보복을 받아 치명적인 상처를 입었다. 델포이의 신탁이 "상처를 입힌 자가 또한 낫게 하리라"고 예언하자 텔레포스는 아킬레우스에게 자신의 상처를 낫게 해주는 조건으로 트로이로 향하는 길을 알려준다.

하지만 미시아 왕의 반격에 이미 손실이 컸던 그리스의 선단들은 흩어지고 말았다. 그리스 연합군들은 각자의 고향으로 돌아갈 수밖에 없었다. 제2차 원정군이 편성될 때까지는 그로부터 8년이란 세월이 흘렀다.

제2차 원정군의 참전

제2차 원정군은 오랫동안 무풍 상태가 계속되어 출발할 수가 없었다. 그 원인을 예언자 칼카스는 "아가멤논이 사슴을 사냥하며 자신이 사냥의 여신을 능가한다고 뽐내는 바람에 아르테미스 신의 원성을 사 저주를 받고 있기 때문"이라고 했다.

2차 원정군은 아가멤논이 자신의 딸 이피게니아Iphigenia를 아르테미스 신에게 제물로 바치고서야 겨우 다시 출항할 수 있었다. 이번에는 순조롭게 트로이의 해변 근처 테네도스 섬에 상륙하게 되었다.

그런데 섬의 왕 테네스Tenes는 아폴론 신의 아들이었다. 테티스 신은 자기 아들 아킬레우스에게 "혹 아폴론 신의 아들을 죽이면 너도 아폴론 신으로부터 죽음을 면치 못한다."고 충고했다. 그러나 아킬레우스는 테네스가 절벽에서 큰 바위를 그리스 군에게 던지며 마구 공격하는 것을 보고 참지 못하여 그를 죽이게 된다.

그런데 아카이아 인들(원정군의 주력) 역시 트로이를 '죽음의 장소'라고 불렀는데, 그것은 원정에 나선 그리스 인에게도 역시 희생과 고통의 장소가 될 것임을 말해주는 암시였다. 이제 그리스 군은 트로이 본토로 진격하게 된다.

프로테시라우스의 죽음

프로테시라우스Protesilaus는 그리스 군에서 최초로 트로이 영토로 진입한 영웅이다. 해변에 군선을 정박한 그리스 군은 해안선을 따라 진군하면서 트로이 군을 공격했다.

프로테시라우스는 폭우처럼 쏟아지는 트로이 군의 투석을 뚫고 가장 먼저 트로이 육지에 상륙하여 수많은 적을 죽이고 용감히 싸웠으나 트로이의 용장 헥토르의 창에 쓰러지고 만다.

그에게는 가여운 신혼의 아내인 라오다메이아Laodameia가 있었다. 그녀는 남편이 출정했을 때 양초로 남편의 조각상을 만들어 간직하며 신들에게 기도했다.

프로테시라우스가 죽게 되자 신들이 가엽게 여겨 명계에서 남편의 혼을 불러주었다. 몇 시간만이라도 다시 라오다메이아와 만날 수 있도록 해준 것이다. 하지만 얼마 지나지 않아 죽은 자가 머무를 수 있는 시간이 다하자 그녀는 촛불처럼 홀연히 사라진 프로테시라우스를 부르며 그의 형상이 새겨진 양초를 안고 스스로 목숨을 끊었다.

퀴크노스의 죽음

프로테시라우스의 뒤를 따라 아킬레우스도 상륙해서 트로이 군과 맞섰다. 트로이의 장군으로 나선 퀴크노스 Cycnus는 포세이돈 신의 아들답게 창과 검으로는 당할 수 없는 초인적인 힘을 가지고 있어 그리스 병사 수백 명을 단숨에 처치했다.

퀴크노스의 강점을 알아차린 아킬레우스는 전통적인 무기로는 당할 수 없다는 걸 깨닫고 그의 머리에 돌을 던져 쓰러뜨린 후 목을 졸라 죽였다.

트로이 사령부는 용장 퀴크노스의 전사를 접하고 성으로 후퇴하여 전세를 재정렬하였다. 그리스 군은 해변에 진을 치고 스카만드로스의 평원으로 나아가 반격해오는 트로이 세력과 전투를 되풀이했다. 이때부터 9년간은 아킬레우스에 의한 트로이 점령과 약탈의 시기였다.

트로일로스의 죽음

트로이에서는 아폴론 신의 아들인 트로일로스Troilus가 스무 살이 될 때까지 살아 있으면 트로이가 함락되지 않는다고 전해져 왔다. 그러나 불길하게도 트로일로스는 팀

프라이오스의 성지에서 아킬레우스의 창에 죽고 만다. 훗날 아킬레우스도 같은 장소에서 죽게 된다.

트로일로스에게는 연인이 있었다. 트로이 몰락의 운명을 감지하고 트로이를 배신하는 칼카스의 딸이자 아프로디테 신을 닮은 아름다운 크리세이스Chryseis였다.

영웅들의 생과 사

아킬레우스와 아가멤논

9년간의 긴 전투 중 아가멤논과 아킬레우스는 전쟁포로로 크리세이스와 브리세이스Briseis를 잡아와 각자의 노

예로 삼았다. 크리세이스의 아버지는 크리세스Chryses라는
사람으로 아폴론의 제사장이었다. 그는 막대한 몸값을 지
니고 딸을 찾으러 그리스의 진지로 들어갔다. 하지만 지
상의 제우스라고 할 만큼 막대한 권력을 지닌 아가멤논이
호락호락 크리세이스를 내놓을 리 없었다.

　크리세이스의 아버지는 아폴론 신에게 아가멤논에게서

딸을 돌려받게 해달라고 간청하였다. 아폴론 신은 자신의 제사장이 그 같은 고통을 겪자 그를 도와 9일 동안 병마의 화살을 쏘아 올렸다. 그로 인해 그리스의 가축과 말, 그리고 병사들이 죽어가기 시작했다.

그리스 군은 다시 최대의 위기를 맞이했다. 10일째 되는 날 아킬레우스는 칼카스로부터 아가멤논에 대한 신의 노여움이 바로 그들이 겪고 있는 병마의 원인이라는 것을 듣는다. 칼카스는 아가멤논에게 아폴론 제사장의 딸을 돌려보내고 그녀가 돌보고 있는 아폴론 제단에 예물을 올려야 병마의 저주가 풀린다고 조언했다.

그러나 아가멤논은 자신이 쟁취한 크리세이스를 돌려보낼 수 없다며 아킬레우스의 노예인 브리세이스를 대신 보내라고 한다. 브리세이스를 사랑하고 있던 아킬레우스는 매우 노하여 "이는 나에 대한 모독이며 지금 이 전장에서 아가멤논과 함께 있을 수가 없다."며 진영을 떠나버린다.

파리스와 메넬라오스

테티스는 전장을 떠나게 된 그녀의 아들 아킬레우스의 비통함을 제우스 신에게 호소했다. 제우스 신은 이를 수용하여 아가멤논과 그리스 군을 징계할 수 있는 책략을 연구했다. 그리고 "트로이 함락을 위하여 모든 신들의 의견이 일치되었다."는 메시지를 아가멤논의 꿈을 통해 전한다.

기뻐한 아가멤논은 전군의 선두에 서서 자신감에 찬 모습으로 스카만드로스 평원을 공격했다. 에리스 신의 정보로 그 공격을 미리 안 트로이 군도 헥토르의 지휘 하에 성문 전면의 언덕에 집결하였다.

양군의 공격이 시작되고 서로의 간격이 좁아들 무렵 트로이 군 쪽에서 파리스가 호탕하게 소리를 지르며 아름다운 갑옷에 빛나는 방패를 들고 나타났다.

아가멤논 쪽에서는 메넬라오스가 나섰다. 파리스와 메넬라오스가 외나무다리에서 다시 만나게 된 것이다. 메넬

라오스가 "나의 아내를 유혹한 나쁜 놈! 이 시간을 위해 여기까지 왔다. 지금이야 말로 너를 칠 때다."하며 대항한다. 이 1대1의 싸움을 양군은 전투를 일시 중지하고 구경했다.

트로이 성문 위에서는 노왕 프리아모스를 위시하여 헬레네도 보고 있었다. 처절한 결투는 메넬라오스의 우세로 진행된다. 메넬라오스는 파리스를 포획하여 자기 진지로 끌고 간다.

그때, 이전에 이미 파리스에게 헬레네를 약속했으며 트로이 편에 있던 아프로디테 신이 나서 그를 돕는다. 아프로디테는 파리스의 몸을 묶은 포박을 끊고 사방에 안개를 일으켜 그리스 군들을 혼란케 한 다음 파리스를 안아 트로이 성으로 사라졌다. 메넬라오스는 파리스를 놓쳐버린

것을 알고 발을 구르며 통탄해 했다.

아킬레우스가 전장을 비웠지만 그리스 군은 아테나 신의 가세로 우세함을 되찾았다. 그리스 군이 우세해지자 아가멤논을 다시 징계하기로 결심한 제우스 신은 신들에게 그리스와 트로이의 전쟁에 개입하지 말도록 명하였다. 아가멤논은 아킬레우스가 아끼는 노예 브리세이스까지 탈취하여 더욱 원성을 사고 있었다.

신들이 침묵하자 트로이 군은 헥토르를 중심으로 분발했다. 헥토르의 지휘 아래 트로이의 군세는 날로 강해져 그리스 군의 방벽을 위협했다. 특히 군사령관 사르페돈 Sarpedon(제우스의 아들 중 하나)은 그리스 군의 방벽 한쪽을 점령했다.

제우스 신은 아가멤논을 벌하기 위한 당초의 뜻을 잊지 않고 헥토르에게 더욱 힘을 실어주었다. 헥토르가 큰 바위로 그리스 군의 방벽을 뚫고 공격하자 그리스 군은 다투어 해안의 선단 쪽으로 달아났다. 아킬레우스가 없는 그리스 군이 고전을 거듭하자 그날 밤 트로이 군은 기세를 몰아 그리스 군선 근처에 진을 쳤다.

수많은 고초에 힘을 잃은 아가멤논은 선단을 돌려 귀국할 수밖에 없다고 생각했다. 그리스 참전군 중 하나인 네스토르 왕은 "신이 아끼는 아킬레우스를 냉대한 것이 화근이라고 본다. 합리적인 보상을 하여 그를 다시 출전시키는 것이 상책이다."라고 건의한다.

　오디세우스, 아이아스, 포이닉스가 아킬레우스를 방문하여 "브리세이스를 돌려보낼 것을 약속하며, 전쟁을 이겨 아르고스로 돌아가게 되면 사과하는 뜻으로 일곱 도시의 영주로 모시겠다."는 아가멤논의 뜻을 전했다. 그러나 아킬레우스는 냉정하게 거절했다.

트로이 군의 반격

그 이튿날 제우스 신의 불길한 천둥소리가 울려대는 전장에서 아가멤논은 필사적으로 트로이 군과 싸웠다. 그 덕에 그리스 군이 우세한 듯했으나 아가멤논이 부상을 당하고부터는 형세가 역전되었다.

나아가 오디세우스, 디오메데스 등의 장군들 또한 부상

하여 그리스 군은 눈사태처럼 무너져 패주하기 시작했다.

신들의 참전

그리스 군이 불리해지자 트로이 군을 증오하는 헤라 신이 나섰다. 그녀는 아프로디테의 허리띠를 구해, 이다 산에서 전황을 살피고 있던 제우스 신을 유혹해 달콤한 잠에 빠지게 했다.

그 사이에 포세이돈(아폴론과 함께 트로이 방벽을 쌓아주었으나 라오메돈이 보상을 않은 일로 그리스 편을 들었다)이 그리스 군을 지휘하기 시작했고, 그에 맞춰 병사들이 힘을 얻어 트로이 군을 밀어냈다. 트로이의 헥토르도 아이아스가 던진 바위에 어깨를 맞고 심한 중상을 입게 된다.

이때 제우스 신이 깨어나 전황을 보고는 헤라 신을 엄히 질타한 다음 포세이돈 신을 해저로 쫓아냈다. 또 아폴론 신에게 명하여 헥토르의 기력을 회복시켰다. 트로이 세력은 다시 그리스 군으로 진격해가서 드디어 그리스 군선 한 척에 불을 붙이기에 이른다.

파트로클로스의 죽음

아킬레우스의 친구이자 몇몇 전승에서는 연인으로 알려진 파트로클로스Patroclos는 꼼짝도 하지 않는 아킬레우스를 안타까워하며 그의 갑옷과 무기를 빌려 출격했다. 파트로클로스를 아킬레우스로 오인한 트로이 군은 지레 겁을 먹고 후퇴할 준비를 했다.

파트로클로스의 창이 제우스 신의 아들 사르페돈을 뚫었다. 제우스 신은 아들의 복수를 다짐한다. 파트로클로스의 세력은 기세를 몰아 후퇴하는 트로이 군을 추격하여 마침내 트로이의 높은 성벽에 닿게 된다. 반전과 역습을 거듭하던 트로이 군은 아폴론 신의 격려를 받은 헥토르를 중심으로 다시 한번 힘을 내어 반격한다.

양군은 치열한 전투를 벌였다. 그러다 해가 질 무렵 헥토르가 창으로 파트로클로스의 급소를 뚫음으로써 격전은 막을 내렸다.

헥토르의 죽음

가장 의지하던 파트로클로스의 죽음을 안 아킬레우스는 큰 슬픔에 잠겼다. 그의 통곡 소리는 모친 테티스 신에게도 울려 퍼졌다. 테티스 신은 아들에게 진정할 것을 당부하며 "헥토르가 죽는다면 그 다음은 너다!"라며 자제할 것을 말했으나 아킬레우스는 "운명이라면 파토로클로스의 원수 헥토르를 타도하고 나의 죽음을 받아들이겠다."며 비통해 했다.

이제 테티스 신이 할 수 있는 것은 헤파이스토스 신에게 부탁하여 아킬레우스를 위한 새로운 무기를 준비해주는 것밖에 없었다.

다음날 새로운 무장으로 나선 아킬레우스를 선두로 그리스 군은 트로이까지 반격해 들어가 기세를 회복했다. 아킬레우스는 아테나 신, 헥토르는 아폴론 신의 도움에 힘입어 처절하게 싸우기 시작했다. 아킬레우스는 노여움

과 복수심으로 적진에 뛰어들어 광기에 가까운 기세로 살육을 이어갔다. 이 기세에 트로이 군은 어쩔 수 없이 성안으로 도망쳐야 했다.

헥토르는 성문 앞에서 아킬레우스와 일전을 벌이게 된다. 둘은 세 번이나 성벽을 빙글빙글 돌면서 싸웠다. 제우스는 신을 공경하는 마음이 큰 헥토르에 대한 동정이 넘쳐나고 있었으나, 두 장군의 운명을 가늠하기 위해 안타까운 심경으로 싸움의 결과를 운명의 저울에 맡겼다. 헥토르의 운명의 접시가 내려가며 그의 죽음이 결정되었다.

운명이 결정되자 아폴론 신도 헥토르의 곁을 떠났다. 이에 헥토르는 최후를 명예롭게 맞기 위해 검을 빼어 들고 마지막 힘을 다해 아킬레우스에 대항했다. 하지만 아킬레우스의 창이 한발 빠르게 헥토르의 목을 뚫었다.

아킬레우스는 마침내 분노와 복수심으로 가득 차 있던 결투를 끝내고, 숨이 끊어진 헥토르의 양 다리를 묶은 가죽 끈을 끌어 그리스 군의 진지로 돌아갔다.

헥토르의 장례

그리스 진영으로 돌아온 아킬레우스는 무상도 풀지 않은 채 파트로클로스의 관 앞에 서서 헥토르의 죽음을 보고했다. 그리고 다음날 헥토르의 시신을 위로의 제물로 바치고 파트로클로스의 장례식을 성대히 거행했다.

헥토르의 시체는 10일간이나 아킬레우스 진지 밖에 방치되어 있었다. 이에 트로이의 프리아모스 왕은 헥토르의 시신이라도 찾기 위해 그의 몸값으로 보물을 준비하여 노복 한 사람만을 데리고 성을 나선다.

땅거미가 깔리기 시작하는 평원을 지나 제우스 신의 인도를 받은 프리아모스 왕은 그리스 군이 눈치채지 못하도

록 은밀하게 아킬레우스를 만났다.

"아킬레우스여. 당신의 아버님, 어머님을 생각해 보시오. 유일한 나의 힘이었던 헥토르도 당신의 손에 죽었소. 이 노인을 불쌍히 여겨 내 아들의 시체를 돌려주기 바라오."

그러자 아킬레우스도 "프리아모스여. 마침 나의 어머니 테티스 신의 권유로 헥토르의 시체를 이제 돌려주려 하고 있었소."라고 대답했다.

아킬레우스는 장의사에게 헥토르의 시신을 향유로 깨끗이 닦게 하고 아름다운 옷으로 덮은 다음 마차에 실어 주었다.[6]

---

6) 호메로스의 《일리아드》는 헥토르의 장례 이야기에서 끝난다.

트로이의 함락

아마존의 여왕 펜테질레아

헥토르의 장례식 날 아마존의 여왕 펜테질레아Penthesilea
는 여군을 인솔하여 트로이를 도우러 왔다. 그러나 아킬
레우스에게 죽음을 당하는 이 아름다운 여전사는 사실은

몇 번이고 아킬레우스의 목숨을 앗았으나, 그때마다 테티스 신의 눈물어린 호소로 제우스 신이 아킬레우스를 소생시켰다는 이야기도 있다.

에티오피아의 멤논

에티오피아의 새벽의 여신 에오스$_{Eos}$의 아들이며 절세

의 미남으로 유명했던 멤논Memnon도 헤파이스토스 신이 만든 무기와 갑옷으로 무장하고 트로이를 위해 참전했다.

이 젊은 영웅이 네스토르 왕의 아들 안틸로코스Antilochos를 위시하여 몇몇 그리스 군 지휘관을 처치한 덕분에 트로이 군은 또 한번 그리스 군선을 태워 없애는 전적을 올린다. 멤논은 아이아스와 싸우고 아킬레우스와의 결투도 가졌다. 이때 다시 그들의 운명이 제우스 신의 운명의 황금저울에 놓이고, 이번에도 멤논의 저울 쪽이 죽음으로 기울었다.

아킬레우스의 죽음

예언된 운명대로 드디어 아킬레우스의 차례가 오고야

말았다. 멤논의 죽음으로 트로이 군은 겁에 질려 성안으로 도망쳤다. 승리감에 취한 아킬레우스는 트로이 군을 뒤쫓아 성문 안까지 들어갔다. 많은 용장을 잃은 트로이에는 이제 그의 창을 막아낼 이가 아무도 없었다. 트로이는 드디어 성을 잃을 시점에 도달하고야 만 것 같았다.

이때 아폴론 신이 트로이 왕의 아들인 파리스Paris를 도와 그의 화살이 아킬레스의 유일한 급소인 발 뒤꿈치에 명중되도록 한다. 테티스 신조차도 미리 막을 수 없었던 아킬레우스의 급소였다. 상처를 입고 돌아서는 아킬레우스에게 두 번째 화살이 날아와 가슴을 뚫고 지나갔다. 용감하고 강하던 그도 쓰러지고 말았다. 아폴론 신의 행동은 그의 아들 트로일로스의 죽음에 대한 복수였다.

아킬레우스의 시신을 둘러싸고 성문 근처에서 격전이 계속되었다. 아이아스가 몰려드는 트로이 군을 뚫으며 아킬레우스의 시신을 간신히 등에 업고 성문 밖으로 탈출했다. 때를 같이해 오디세우스가 와서 트로이 군을 막아 그들은 겨우 그리스 군의 진영까지 돌아올 수 있었다.

아이아스의 자살

아킬레우스의 투구와 무기를 아이아스와 오디세우스

어느 쪽이 가지게 될 것인가를 놓고 그리스 군의 진지에 서는 격렬한 토론이 벌어졌다. 무골 기질인 아이아스는 자신의 공을 잘 설명하지 못했지만, 지혜 많은 오디세우스는 아킬레우스의 시신을 적에게 잃지 않게 한 자신의 활약을 능숙한 말솜씨로 부각시켰다. 결국 아이아스는 자신은 시신을 등에 지고 왔다는 것밖에 한 일이 없다고 말했다.

평결의 결과 아킬레우스의 무구는 오디세우스 것이 되었다. 힘든 전투 뒤의 불명예스러운 결과에 아이아스는 굴욕감을 느끼며 그만 광란 상태가 되어 자살하고 만다.

트로이 함락의 조건

길고 긴 전쟁에서 그리스와 트로이는 모두 많은 영웅들

을 잃었다. 트로이 군은 기운이 빠져 성안에 머물렀고, 그리스 군 역시 더 이상의 공격력을 내지 못했다. 9년이나 전투를 치르고도 승리의 기미가 보이지 않자 그리스 군은 트로이의 예언자 헬레노스Helenus(카산드라의 쌍둥이 남매)를 붙잡아 어떻게 하면 그리스가 이길 수 있을지를 예언하도록 했다.

헬레노스는 그리스가 헤라클레스Heracles의 독화살과 트로이 성의 수호상인 팔라디움Palladium을 획득하고, 아킬레우스의 아들을 전쟁에 참가시키면 이길 수 있으리라고 예언한다.

헬레노스의 예언에 오디세우스와 디오메데스는 트로이 성의 비밀통로를 알아내 팔라디움 수호상을 훔쳐오게 했다. 팔라디움은 트로이의 건국자 일로스Ilus의 기도를 갸륵히 여긴 하늘이 내려준 보답이라고 찬미받던 수호상이었다.

트로이의 목마

아테나 신도 자신이 후원해온 그리스 군이 긴 싸움에 지쳐 전의를 잃고 있는 것을 알고 전쟁을 종결시킬 방안이 없을까 연구했다. 그렇게 하여 지모가 뛰어난 오디세

우스로 하여금 거대한 목마를 만든 후 그것을 이용하여 트로이 성내로 잠입하도록 조언한다. 오디세우스의 명을 받은 에페이어스Epeius는 이다 산에서 거목을 베어내어 목마를 만들고 그 안에 병사들이 탈 수 있도록 했다.

목마가 완성되자 그리스 군은 용사를 뽑아 목마 속에 숨기고 바깥쪽에는 "이제 그리스로 돌아가니 감사의 뜻으로 이 목마를 아테나 신에게 바친다."라고 썼다. 더불어 그리스 군은 연극을 잘하는 시논이란 노인을 홀로 해변에 남겨 놓고 자신들의 진영을 다 태워버린 후 트로이 해변을 벗어나 먼 바다에 정박했다.

아침이 되자 트로이 사람들은 하룻밤 사이에 그리스 군이 해안에서 모두 없어지고 거대한 목마만이 휘장을 두르고 우뚝 서 있는 것을 발견하게 된다. 트로이 병사와 시민들은 모두 성 밖으로 나와서 그것을 구경하였다. 휘장에 쓰인 봉납의 글을 읽고 해변에서 생포한 시논 노인의 설명을 듣게 된 사람들은 "그리스 군이 드디어 전쟁에 지쳐서 철수했다."며 크게 좋아했다.

몇 년 동안 성 안에서만 지내야 했던 시민들에게 이보다 더 기쁜 소식은 없었다. 트로이 시민들은 승리의 상징인 목마를 해변에서 끌고 와 성내에 넣으려고 했다. 목마는 너무 커서 성문의 일부를 헐어야 했다.

　아폴론의 신관 라오콘은 "이것은 그리스 군의 계략일 수 있으므로 태워 없애야 된다."고 주장했다. 이때 먼 해상에서 두 마리의 큰 뱀이 나타나 눈 깜짝할 사이에 라오콘을 그의 아들들과 함께 휘감아 목숨을 앗고 만다. 닥쳐오는 재앙을 점칠 수 있는 끔찍한 죽음을 보고도 승리감에 취한 트로이 사람들은 아무것도 느끼지 못했다.

　목마는 트로이 사람들의 힘으로 왕궁 가까이에 옮겨졌다. 그날 밤 트로이 성내는 기쁨의 향연으로 가득 찼다. 긴 전쟁을 뒤로 하고 술에 취한 사람들은 새벽녘에나 잠이 들었다. 잔치가 끝난 어슴푸레한 하늘 아래 목마의 문이 열리고 그리스의 정예병들이 민첩하게 뛰어나왔다.

　거대한 목마 안에는 예언자 헬레노스가 트로이 몰락의 세 번째 조건으로 든 아킬레우스의 아들 네오프톨레모스도 있었다. 그에 더해 오디세우스, 암피다마스, 안티마코

스, 디오메데스, 메
넬라오스, 메네스테
우스, 페넬레오스 등
의 명장들이 함께 타
고 있었다.

그리스 병사들은
방비가 허술한 트로이 진영을 누비며 성내 각처에 불을
붙이고, 해상에서 상륙한 그리스 군의 입성을 위해 성문
을 열어젖혔다. 트로이는 완전히 몰락하고 여자들은 생포
되었다.

메넬라오스는 드디어 파리스와 도망쳤던 헬레네를 찾
아내 배로 데려갔다. 전쟁의 씨가 되었던 헬레네의 도주
는 여기서 끝이 났다. 결과적으로 그리스 군은 승리한 것
인가.

에필로그

전쟁이 끝난 후…

그리스 군의 목마를 이용한 지략과 용기는 위대했지만 종전 후 살아서 그리스로 돌아올 수 있었던 사람들은 아가멤논, 노왕 네스토르, 메넬라오스 등 헤아릴 정도밖에 되지 않았다.

작은 아이아스(동생)는 익사했고 오디세우스는 전쟁이 끝난 후 10년을 트로이에서 허송세월로 보내지 않으면 안 되었다. 더는 싸울 일이 없게 된 그리스 군인들은 구름 흩어지듯 고향으로 돌아갔다.

그리스 군 총수 아가멤논은 헤라 신의 도움으로 가장 순조롭게 귀국했다. 그러나 그것이 과연 행운이었을까? 그의 아내 클리타임네스트라는 이미 연인 아이기스토스와 한마음이 되어 아가멤논과 예언자 카산드라를 죽일 것을 의논하고 있었다.

그녀는 돌아온 남편을 맞이하여 기쁜 표정으로 우선 목욕을 권했다. 아가멤논이 목욕을 끝내고 한 걸음 밖으로 발을 내어놓았을 때 클리타임네스트라는 그가 저항할 수 없도록 큰 천을 둘러씌워 살해했다. 궁전 밖에 머물고 있던 카산드라도 목숨을 잃는다.

클리타임네스트라의 이러한 복수는, 그녀와 아가멤논 사이의 딸 이피게니아를 전쟁을 위해 자진하여 희생시킨 아가멤논에 대한 분노와 카산드라에 대한 질투로 인해 일어난 일이었다.

아가멤논과 클리타임네스트라 사이의 아들인 오레스테스Orestes는 이 처참한 사건에 죽은 듯이 참고 때를 기다렸다. 그 후 8년, 한동안 아이기스토스가 아가멤논의 나라를 다스렸다. 그러나 아가멤논의 또 하나 딸인 엘렉트라Electra가 오레스테스를 종용해 아이기스토스와 클리타임네스트라 또한 복수의 죽임을 당한다.

그들의 장례식 날 메넬라오스는 헬레네를 데리고 스파르타로 돌아가고 있었다.

해설편

고대 그리스 역사와 신화
올림포스 12신의 내력
그리스 신화의 신과 영웅

고대 그리스
역사와 신화

　지식의 세계에는 올림픽 경기와 같은 금메달도 은메달도 없다. 지식은 인류의 모든 생존지에서 발생하고 각각의 모습으로 커갔다. 고대 그리스의 신화에서 볼 수 있는 사고의 세계와 문화는 많은 사람의 눈을 끌게 한다. 고대 그리스로부터 영감을 얻은 또 다른 신화의 탄생, 희곡, 그리고 철학 세계는 서구 문명에서 끊임없는 연구의 대상이 되고 있다.

그러나 그 많은 연구와 유럽의 모든 문화를 반영한 통합적이고 지적인 노력에도 불구하고 고대 그리스의 역사와 신화는 여전히 미지의 세계를 품고 있다. 그나마 엄청난 양의 신들의 계보와 대략의 흐름을 알게 된 것은 현대에서의 일이다.

19세기 후반 독일의 H. 슐리만에 의한 트로이와 미케네의 발굴, 20세기 초반의 A. 에반즈에 의한 크노소스(크레타 섬의 북부)의 발굴, 그리고 제2차 대전 후 영국의 M. 벤트리스에 의한 선문자線文字의 해독이 그리스 신화를 이해하는 데 큰 공헌을 했다.

19세기 말에서 20세기 초반에 걸쳐 J. G. 플레자의 《금지편金枝篇》, J. E. 해리슨의 《그리스 종교 연구서설》, 《테미스》, G. 마레의 《그리스 종교 발전의 5단계》, A. B. 쿡의 《제우스》가 있고, 또 20세기 초반에서 제2차 대전 후에 걸쳐 M. P. 닐손의 《그리스의 신화에서의 미케네 기원》, 《그리스 종교의 흔적》, K. 케레니의 《그리스 신화》, 《그리스의 영웅》 등이 나왔다.

기원전 3000년이라고 하면 나일 강 유역에서는 이집트의 고대 왕국이 생기고 티그리스, 유프라테스 강 유역에서는 도시 '울'을 중심으로 수메르 제국이 생겼을 때이다. 이때 에게 해에서는 크레타 섬을 중심으로 하나의 문명권이 성립되고 있었다.

에게 문명이 그것인데, 그 이전 에게 해에는 키클라데스Cyclades 문명이 있었다. 에게 해를 중심으로 서쪽에는 그리스 본토, 남쪽은 크레타 섬을 중심으로 한 키클라데스 제도, 동쪽으로는 소아시아 서해안의 아나톨리아(지금의 터키), 북으로 트라키아(발칸반도 동부)가 있었다.

에게 문명의 전성기는 기원전 2000년경부터 기원전 1200년경까지이다. 전기는 크레타 섬을 중심으로 한 크레타 문명(왕의 이름을 따서 미노아 문명이라고도 한다)으로, 기원전 1600년경에서 기원전 1400년경까지의 문명을 말한다.

처음은 크노소스, 마리아 등 여러 왕가가 있었다. 이들은 크노소스에 의해 통일되었다. 그리스 신화에서 나오는 미노스 왕은 이 크노소스 왕가 출생이다. 크노소스를 발굴한 에반즈는 크노소스의 인구를 8만 2,000명 정도로 추정하여 당대 세계 제1의 대도시로 꼽았다.

크노소스는 동쪽으로 시리아, 키프로스, 서쪽은 남이탈리아, 스페인까지를 포함하여 지중 해의 교역을 지배한 해상왕국이었다. 이집트와의 교역이 중심이었고 포도주, 올리브유, 목재, 가축, 레바논의 삼목船材, 키프로스의 동銅, 그리스 본토의 은銀 등을 수출하고 콩류, 코코넛류, 상아 등을 수입했다. 이로 인해 행정조직도 생기고 육해군도 상비하고 있었다.

크노소스에서 출토된 찰흙판 선문자가 해독됨으로 해서 크노소스의 사회를 살피는 자료가 되었다. 그것은 크레타 문명 다음에 오는 미케네 문명기의 크레타 섬을 기록한 것이었다. 크레타 문명이 그리스 본토의 미케네에 전파된 것은 기원전 1600년경부터이다.

그리스 반도에서의 민족 이동은 다음과 같이 전개되었다.

ⓐ 기원전 2000년경 북에서 남으로의 대이동이 있었다.
원류는 인도, 유럽계에 속하고 후에 도리스 인들이 남하하였는데 이들부터는 아카이아 인이라고 불렀다. 크레타 문명을 도입한 것은 이 아카이아 인이고, 기원전 1400년경에 크노소스 왕국을 정복했다.
그 중심이 펠로폰네소스 반도의 미케네에 있었으므로 이때를 미케네 문명이라고 한다. 미케네 문명은 기원전 1200년쯤 갑자기 쇠퇴했는데 이때가 그리스 반도에서의 제2의 민족 이동기라고 볼 수 있다.
ⓑ 기원전 1200년쯤 도리스 인들이 남하하여 미케네를 멸망시켰다. 미케네가 더 발달된 문화를 향유했으나 도리스 인들은 철기

문명을 가지고 있었기 때문이다.

에게 해에 청동기 문명이 들어온 것은 기원전 2300년에서 기원전 2000년경이다. 이 청동기 문명이 기원전 1200년을 경계로 철기 문명으로 변하게 된 것이다.

화려한 미케네 문명은 미케네에서 북상하여 오르코메노스(그리스의 중부)까지 퍼졌다. 그러나 그 쇠망 이후는 그리스 본토에 한동안 문명의 공백이 생겼다. 이때부터 기원전 9세기까지는 사람들의 눈을 끌 정도의 문명이 탄생하지 못했다.

도리스 인의 대이동은 로마 말기의 게르만 민족의 이동처럼 고대사에 엄청난 변화를 준 사건이었다. 이 대이동으로 소아시아에서 히타이트가 멸망했고, 이집트는 겨우 연명했으며, 미케네, 크레타 문명은 망하고 말았다. 이 도리스 인의 이야기야말로 헬레네스(그리스 인)의 중심이 되는 것이다.

아카이아 사람들도 도리스 인과 같이 인도와 유럽 언어를 쓰는 민족이었지만, 도리스 인이 남하했을 때 정복당해 복종하거나 동쪽의 에게 해, 소아시아, 키프로스의 섬까지 옮겨가기도 했다. 크레타 인의 일부는 페니키아까지 이동했다.

이때 정복당하지 않고 본토에 남은 사람들도 있었다. 아테네 인이 바로 그 대표적 예이다. 또 미케네 문명의 중심인 펠로폰네소스 반도에 들어간 도리스 인의 시대부터는 스파르타 인이 등장한다. 기원전 7세기 이후의 고대 그리스를 대표하는 도시국가 아테네와 스파르타의 성장에는 그런 배경이 있다.

이상이 그리스 신화의 성립을 둘러싼 역사적 개요다. 그러면 이제까지의 역사 단계와 그리스 신화 형성의 단계를 조합하여 해석할 수도 있을까? 많은 학자들의 연구에도 불구하고 그것은 어려운 일로 남아 있다. 그저 부분적으로 몇 개의 설명을 첨부할 수는 있다.

a. 키클라데스 문명 ——————————— 신석기·동 문명
b. 크레타 문명(크레타 인) ┐
c. 미케네 문명(아카이아 인) ┘ ——— 청동기 문명
d. 이오니아·아테네 문명(아카이아 인) ——— 철기 문명

ⓐ 키클라데스 문명은 신석기 시대와 같이 성립된 농경 문명이다. 그리스 신화 속에는 대지 모신 가이아를 위시해서 헤라, 데메테르, 아프로디테 등에서 농경 문명이 강하게 투영되어 있다.

이것은 동방에서 시작하여 인도의 풍요의 여신까지 연결이 되어 있다. 소아시아를 경유해서 키클라데스 섬들까지 이 문명의 영향을 받았다. 이 시대는 그리스 신화에서 가장 근원적이고 오래

된 이야기들이다.

ⓑ 키클라데스 문명이 동방계의 농경 문명이라는 것에 비해 크레타 문명은 남쪽계의 교역, 수공업문화가 가미된 것이다. 크레타 문명은 이집트를 경유해서 오리엔트의 원시 농경문화와 연결된다. 즉, 크레타 문명과 키클라데스 문명은 근원이 같은 것이다.

그리스 신화의 초기 줄거리를 보면 우라노스, 크로노스, 제우스 3대기이다. 3대에 걸쳐 아버지와 아들은 서로 죽이거나 추방해서 신들의 세계에서의 지배권을 장악했다. 그리스 신화의 연원과 그 전파 경로는 그리스 인의 발생과 정립에 관한 확실한 학설이 없는 것처럼 모호한 여운을 남긴다.

A. 게츠, H.G 큐타보크, M. L. 웨스트에 의하면 소아시아의 히타이트 신화에서는 9년마다 선왕이 추방되고 신왕이 등극하는 왕들의 이야기가 4대에 걸쳐 되풀이되는 부분이 있다. 이 중 크마르비스는 선왕 아누스의 남근을 탈취하는데 이것은 그리스 신화에서 크로노스가 그의 아버지 우라노스의 남근을 절단한 이야기와 흡사하다.

즉 그리스 신화의 초기 이야기들은 히타이트와 바빌론의 신화와 유사한 점들이 있다고 볼 수 있다. 그러나 결정적으로 다른 점은 대지의 도움이 큰 승리의 요소로 작용

한다는 것이다. 가이아의 조력으로 크로노스와 제우스가 각기 아버지를 이겼다는 것이다. 그런데 소아시아의 대지 모신은 천상의 신들의 왕위 다툼에 개입도 하지 않았다는 점이 매우 다르다고 볼 수 있다.

1903년 크레타 섬의 남쪽 하기아, 트리오다 궁전 가까운 곳에서 고분이 발굴되었다. 기원전 1400년경의 것으로 추정된 가운데 수컷 소가 제물로 바쳐지는 그림이 새겨진 석관이 출토되었다.

이 그림의 하나는 제단에서 슬픈 눈으로 희생되는 소에서 떨어지는 피를 세 사람의 봉사자가 그릇에 받아 그것을 두 개의 오벨리스크(고대 이집트 때 태양신앙의 상징으로 세운 기념비) 사이에 있는 단지에 옮기는 장면이다.

두 개의 오벨리스크는 초록색으로 칠해져 있고 그림에는 나무 싹이 솟아나 있으며 그 위에 도끼가 있고 메추라기 새가 앉아 있다. 그와 같은 도끼와 새와 함께 또 다른 오벨리스크가 희생의 수컷 소 옆에도 있다. 이것은 빨간 색으로 칠해져 있다.

해리슨은 《테미스》에서 이 그림에 대해서 상세히 설명하고 있다. 수컷 소는 나무에 대한 희생이고 나무는 과일을 열리게 하는 대지의 풍요의 상징이다. 올리브 나무와 메추라기 새가 있고 과일 모양의 과자가 바구니에 담겨 있는 이 그림은 신의 정원으로 해석된다. 여기에서 해리슨은 "나무가 있고 대지를 위한 소의 희생은 새로운 해의 풍요를 기원하는 나무와 열매의 의식"이라고 했다.

그것은 후대에 아테네 시내에서 행해진 제사의 옛 모습을 나타낸 것이기도 했다. 이 제사에서는 보리를 바친 제단 둘레에 수컷 소의 무리를 풀어놓아 제단의 음식을 먼저 먹은 수컷 소를 희생시킨다. 고기는 향연에서 먹고 가죽은 마른 풀을 넣고 봉합하여 살아 있는 것처럼 만들어 소가 소생한 것처럼 보이게 한다. 이 행사는 신년을 향한 생명의 소생을 기리며 막을 내린다.

또한 크레타 섬의 남쪽 트리오다의 석관 그림에서는 도끼와 메추라기가 있다. 도끼는 비를 오게 하는 낙뢰의 상징이다. '도끼와 기둥은 대지의 여신과 하늘의 신의 결혼을 의미한다'고 사학자 쿡은 전한다. 후대에 천둥과 벽력의 힘을 가지는 천신 제우스의 상징 역시 도끼로 되어 있다.

메추라기는 어떠한가. 이것도 후대에 제우스와 헤라가 결혼할 때 상징적 동물로 쓰였다. 제우스가 메추라기로 변하여 폭풍우에 겁이 난 듯 떨면서 헤라의 허리에 앉은 일이 있다. 영문을 모르는 헤라는 윗옷으로 애처로운 새를 덮어 주었다. 그때 제우스가 갑자기 헤라를 껴안고 자

신의 여자로 만들어 결혼하게 되었다는 것이다. '아르고
스 신전의 옥좌에 앉아 있는 헤라는 손에 홀笏(직위를 상징
하는 막대)을 들고 있고 그 홀에는 메추라기 새가 앉아 있
다.'(해리슨)

■ 헤시오도스의 시대별 문명과 신화의 연관성

1. 키클라데스 문명		황금시대
	가이아(대지 모신)	백은시대
2. 크레타 문명		청동시대
3. 미케네 문명	올림포스 신	영웅시대
4. 이오니아, 아테네 문명	올림포스 12신	철기시대

　물론 헤시오도스가 구분한 5시대는 정확한 역사 구분
과는 다르다. 그러나 전혀 공상의 산물은 아니고 그리스,
에게 해의 역사의 기억의 하나로서의 표현이다. 그래서
얼마만큼의 검토는 필요하다.

ⓐ '황금시대'는 크로노스의 세상이라고 명명된다. 크로노스의 이
　름은 그리스 어로부터의 유래는 아니다. 크로노스는 그리스 인
　이 남하하기 전의 농경 신으로 봐야 한다. 시대적으로 기원전
　2000년경 이전이다. 문명의 시기로 말하면 키클라데스 문명기
　의 그리스 본토를 말한다.

로마 신화의 농경 신 사투르누스와 동일 인물이기도 하다. 로마인들은 그가 제우스에 쫓겨 이탈리아로 넘어가 농업기술을 보급함으로써 '황금시대'를 이룩했다고 한다.

ⓑ '백은시대'는 5시대 중 가장 역사의 그림자가 옅은 기묘한 시대다. 그리스 인이 흑 해, 에게 해로 남하하기 시작했을 때 흑해 입구의 원주민인 트로이 인과 충돌했던 역사가 그 중심으로 되어 있다.

ⓒ '청동시대'는 크레타, 미케네의 2기에 해당할 시기이다. 문명도 발달했으나 동시에 그리스 본토와 에게 해에 걸쳐 크레타 인과 아카이아 인 등의 각축이 있었다.

ⓓ '영웅시대'는 신화 속 영웅들이 가장 극적으로 활동한 무대의 정점이다.

ⓔ '철기시대'는 바로 헤시오도스가 생존하고 있었던 시대이다.

올림포스
12신의 내력

    그리스 신화에는 실로 많은 신들이 출연한다. 신화 속에서의 그 역할과 이름을 모두 기억한다는 것은 결코 쉬운 일이 아니다. 이 많은 등장인물의 출현과 그들의 얽히고설키는 플롯의 복잡함이 종종 그리스 신화에 대한 친밀감이나 이해를 방해한다.

    많은 신들의 이름을 쉽게 한번에 다 알아낼 특별한 묘약은 없다. 그저 읽음으로써 익숙해지는 수밖에 없는 것이다.

    모든 이야기가 그렇듯이 그리스 신화에도 주연과 조연이 있다. 그래서 주역의 신들과 함께 그 대략적 줄거리를 먼저 파악하는 것이 그리스 신화의 많은 신들과 친하게 되는 지름길이 된다. 지금 우리가 간단히 그리스 신화라고 말하고 있지만 그리스 신화라 함은 현 시대에 흔히 접하는 역사소설 즉, 한 사람의 저자가 비교적 짧은 시간에 완성하는 문학작품과는 매우 다르다.

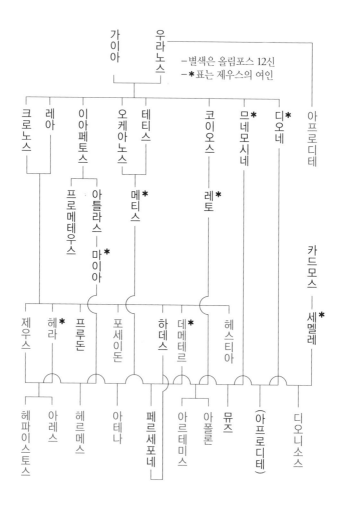

- 별색은 올림포스 12신
- *표는 제우스의 여인

그리스 신화는 실로 2,000여 년의 오랜 세월을 두고 여러 대代에 걸쳐 그리스 인이나 그 이전의 고대 이집트와 에게 해 주변 사람들 사이에서 전해 내려오던 신화가 몇 번이고 수정되고 정리되어 형태가 잡힌 것이다.

그 출발점은 기원전 8세기의 헤시오도스의 《신통기》 이래의 이야기로, 그 2기에서는 올림포스의 12신들이 주요 인물로 등장하고 있는데 이들의 이야기를 잘 이해함이 그리스 신화 이해의 확실한 기초가 된다.

올림포스 산은 그리스 본토의 북부 테살리아와 마케도니아의 경계선에 실재한다. 해발 2,917m의 높이로 자주 구름과 눈에 덮이고, 바위덩이가 여기저기 우뚝 선 장대한 모습을 하고 있다.

이 산이 그리스 신화 12신들의 배경이 된 데에는 흥미로운 역사적 이야기가 있다. 그리스 인은 본래 북방에서 남하한 민족으로, 그리스라는 인간의 나라는 북의 산지에서 남쪽 평원으로 이동하며 형성된 것이다. 이 때문에 그리스 신화의 주신들을 인간의 주요 거주지인 남쪽에서 별리시켜 그 배경이 고봉 올림포스로 설정된 것이라 볼 수 있다.

한편, 이와 같이 올림포스에 배경을 두는 12신들이지만 모두가 그리스 북방에서 태어난 것은 아니다. 각기 다른 곳에서 다른 신앙을 근저로 하고 있는 경우도 많다.

올림포스 12신들의 근원을 살펴보는 것은 그리스 신화가 어떻게 만들어졌는가에 대한 이해를 높이고 쉽게 다가가는 하나의 길잡이가 된다. 많은 신들의 이름을 기억하는 한 방편으로 올림포스 12신들의 계보를 사용하는 것도 도움이 될 것이다.

(1) 제우스Zeus

제우스는 절대적 권력의 최고 신이다. Zeus는 표준의 철자법이지만 DenDan이란 형태로도 표기된다. 어원은 dyeus, diw(밝은 하늘), Dyaus와 같은 근원을 가진다. 올림포스 12신의 가부장으로 제우스는 '아버지 제우스'라고 불린다.

제우스의 출현으로 인해 그리스 신화의 배후가 여가장女家長적 환경에서 가부장적 환경으로의 전환되었다고 보는 것이 R. 그레브스의 《그리스 신화》1955이다. 이것은 사회학적으로도 매우 흥미있는 현상이며 2000년간의 그리스 신화 형성사를 생각하면 극히 자연스런 결과라고도 생각된다. 제우스는 가부장제 신화가 형성되고 완성되는 그 시점부터 진정한 위력을 가지게 된다.

20세기 최고 신화학자 중 한 사람인 K. 케레니는 《그리스 신화》1951에서 "제우스의 지배력과 그의 남성적 활동이 그리스 신화의 근간이 되고 있고 그것을 후세의 사람들도 그리스 신화로 알게 되었다."라고 쓰고 있다. 그리스 신화에서 상징화되는 제우스의 인상은 매우 확실하다. 그는 세계를 창조하지는 않았으나 세계를 통솔하였다.

제우스는 그야말로 많은 여신과 여인들을 거느리며 많은 자손을 낳았다. 그러나 이것은 제우스의 호색성을 보여준다기보다는 오히려 각 지방에서 대신인 제우스와의 연관성을 만들고 그들의 선조로 받들기를 원했던 배경에 뿌리를 두는 것이라고도 볼 수 있다. 이렇게 인간의 역사적 지리적 배경으로 인해 신화가 만들어지는 과정도 엿볼 수 있다.

헤시오도스의 《신통기》에 의하면 제우스의 최초의 결혼 상대자는 논리와 사고의 여신인 메티스라고 되어 있다. 메티스는 우리 인간사회 혈족 제도의 기준으로 본다면 제우스의 이종 동생인 셈이다. 메티스로 인해 태어난 딸이 12신의 하나인 아테나 여신이다.

제우스가 메티스와 결혼할 때 대지의 모신 가이아가 "둘의 사이에 태어나는 아이는 모두 총명하고 씩씩하며 아들은 아버지인 제우스를 능가하여 마침내는 신들과 인간들의 왕이 될 것이다." 라고 예언했다.

제우스는 자리를 박탈당할 것에 대한 두려움에 자신의 자손을 회임한 메티스를 마셔버렸다. 이는 크로노스가 태어날 아들에게 왕위를 빼앗길 것을 두려워해서 삼켜버린 이야기가 결국 부자지간에 되풀이 된 셈이다.

하지만 삼켜버린 메티스의 태아는 제우스의 머릿속에서 성장하게 되고 제우스는 심한 두통에 시달리다 못해 트리톤 강 언덕에서 대장장이 신 헤파이스토스의 도움으로 아테나 신을 탄생시킨다.

그레보스는 이 세 가지 사건을 역사적 의미를 위해 분석했다.

ⓐ제우스는 메티스를 마셨다.
ⓑ아테나는 제우스가 메티스를 삼킴으로 해서 제우스의 몸에 수태되었다.
ⓒ아테나는 제우스의 딸이다.

이 세 가지의 배경에 존재하는 의미는 다음과 같다.

ⓐ여가장제의 시대. 여신은 1.처녀(신월), 2.님프(만월), 3.노녀(구

월)라는 3면의 상을 가지고 있었다.

ⓑ그리스 반도를 남하해서 펠로폰네소스 반도까지 도달했던 아카이아 인은 메티스 여신의 신앙을 금지하고 그들의 정신적 지주를 가부장제의 신인 제우스에게로 옮겼다.

ⓒ제우스 신을 공경하는 아카이아 인은, 아테나 여신을 공경하는 종족이 제우스의 주권을 받아들이는 것을 조건으로 아테나 신전을 파괴하지 않았다. 여기에서 볼 수 있는 제우스 신의 성격은 매우 확실하다. 제우스는 아카이아 인의 그리스 반도 지배의 힘과 정통성을 나타내는 신이다.

그런데 제우스 신의 출현에는 또 하나의 경로가 있다. 크레타 섬이다. 크로노스의 눈을 피해서 제우스는 크레타 섬에서 양육되었다. 사실 크레타 섬은 이다 산(트로이의 이다 산과 동명)을 위시해서 제우스와 관계있는 유적지가 많고 제우스의 묘지라는 곳도 있다. '이다' 라는 말에는 '수목이 울창한 산' 이란 의미가 내포되어 있다.

M.P. 닐슨의 《미노아 종교와 그리스 종교에의 흔적》 1950에서는 크레타 섬의 '미노아 종교' 에 있었던 일종의 모자母子 신앙과 북방에서의 제우스 신앙이 융합된 것이 크레타 섬의 제우스 신화라고 본다. 또, 제우스의 어머니 레아는 크레타 섬의 대지 모신이고 그 아들 제우스는 식

목이 울창한 이다 산에서 양육되었으므로 식물의 영으로 보고 있다.

펠로폰네소스 반도의 북서부에 올림포스가 있다. 이곳에서 발굴된 제우스의 신전은 기원전 457년에 완성된 것이라고 한다. 그와 나란히 헤라의 신전도 있다. 제우스를 기리는 '올림피아 제전'은 기원전 776년에 그 이전의 여러 제전을 근거로 부활되었다.

올림피아 제전은 델포이의 아폴론 신전에서 지냈던 피티아 제전(BC 582), 바다 신 포세이돈을 기리는 코린토스의 이스트미아 제전(BC 582), 제우스를 위한 네미아 제전(BC 573) 등과 함께 그리스의 4대 제전으로 꼽힌다.

아테네에도 제우스 신전과 축제가 몇 개 있다. 제전은 3월 초 데이아시스의 제전, 여름(6월)의 푸호니아의 제전, 11월 하순의 마이막데리아의 제전 등이 있다. 푸호니아의 제전에는 수컷 소를 바치는 행사가 있는데, 이에 대해서는 J.E. 하리손이 쓴 《신화》1924에 잘 나와 있다.

(2) 아테나Athena

제우스가 자신의 머릿속에서 자란 아테나를 지상으로 내보낸 곳은 트리톤Triton 강변(그리스 중동부 보이오티아 지역)

이었다. 이 강은 그리스 반도의 여러 강에 걸쳐 있다. 닐손은 '아테나는 그리스 인이 이동해오기 전의 성시의 수호신'이라 했다.

또 바다의 신에는 트리톤(포세이돈과 암피트리테의 아들)이 있는데 이 역시 아테나가 그 배경에 들어 있어 강과 해양, 즉 물과의 관계를 배제할 수가 없다. 아테나의 별명에는 트리토니스Tritonis도 있는데 이것은 트리톤의 여신 형이다.

북쪽계의 아테나 외에 또 다른 경로인 남방계의 아테나 상도 볼 수 있다. 아테나는 리비아의 트리토니스 호반에서 태어났고, 크레타 섬을 경유해서 그리스에 왔을 때 포이오티아의 트리톤 강가에 살았다는 게 그것이다.

리비아 인의 크레타 섬 이주는 기원전 4000년경에 시작된다. 특히 기원전 3000년경 제1왕조 지배 하의 이집트 북부와 남부가 강제적으로 합병되었을 때 나일 강 서방의 델타 지역에서 크레타 섬으로, 여신을 숭배하던 리비아 인이 탈주해온 것으로 짐작된다. 그 뒤 곧 크레타의 미노아 문명 제1기가 시작되었고 이 크레타 문명이 북상하여 남방계 이야기가 전해진 것으로 보인다.(그레보스)

고대 그리스의 철학자 플라톤은 아테나 신을 리비아의 여신 네이트와 동일하게 간주하고 있다.

한편, J. E. 하리손은 아테나가 제우스의 머리에서 태어났다는 이야기는 아테나에서 여가장 제도의 성격을 제거하기 위한 신화적인 방편이라고 지적했다. 저자의 견해로는 북방계의 제우스와 남방계의 아테나 신을 통합하는 방편이었기도 하다.

(3) 아프로디테Aphrodite

밀로의 비너스 조각으로 인해 아프로디테는 로마식 표기인 비너스로 더 유명하다. 아프로디테는 그리스 신화에서 독특한 위치를 차지하는 여신이다. 사랑이 독립적이고도 유기적인 생명적 특성을 가지고 있듯 사랑의 여신 아프로디테도 제도나 일상적 지배에서 벗어난 성격적 특성을 지니고 있다.

아프로디테는 올림포스 12신에 들어 있지만 출생 신화는 매우 복잡하여 근원적 정통성에서 모호한 점이 있다. 헤시오도스의 《신통기》에서는 이 여신을 크라노스에 의해 절단된 우라노스의 성기가 바다를 떠돌다가 거품 속에서 나체로 태어나 키프로스 섬에 도달했다고 전한다. 이 전승이 아프로디테 여신의 원형에 가장 가까운 이야기다.

호메로스의 《일리아드》에서는 제우스와 디오네와의 딸

이라고도 한다. 이미 독자는 느끼고 있겠지만 그리스 신화에서 주신主神은 훨씬 후대에 그 정체성이 완성된다는 것이다. 그리고 주변의 신이 오히려 일찍 정체성을 갖추어 남아 있는 것이 많다.

(4) 데메테르Demeter

데메테르는 그리스 신화의 여러 가지 전승 속에서 차갑고 냉정한 개성으로 묘사된다. 다음이 그런 예이다.

제우스와의 사이에 낳은 딸 코레(페르세포네)가 저승의 왕 하데스에게 납치당했을 때 각고의 노력으로 되찾으려 하나 하데스는 코레를 지하세계에서 선뜻 내어주지 않았다. 코레의 유괴가 제우스의 묵인 하에 이루어진 것을 안 그녀는 매우 노하여 올림포스에 돌아가지 않고 복수의 방편으로 대지에 가뭄과 흉년을 계속 불러온다.

데메테르의 메테르는 어머니母라는 뜻으로 그 기원은 '다 메테르'이다. 여기서 '다'라는 것은 대지의 여신 가이아와 어원을 같이한다. 즉 데메테르는 땅의 신이자 곡식의 신이다.(케레니)

케레니는, 데메테르 여신에 대한 숭배는 그리스 본토에서 미케네 문명 이전부터 시작된 것으로 보인다고 했다.

데메테르와 포세이돈(데파테르)은 한 쌍의 신으로 두 신의 이름에서 '데'를 제외하고는 그리스 어 형태인 것으로 보아, 이 신들을 예전부터 그리스 인이 받아들인 것으로 보인다고 쓰고 있다 .

데메테르는 코레를 찾아다닐 때 말 무리 속에 숨어 있던 포세이돈과 정사를 가지게 된다. 즉, 말의 상징적 의미로도 통하는 데메테르와 데파테르는 그리스 인에게 '대지의 풍요'라는 의미로 수용된 것으로 보인다.

또 다른 전설에서는 포세이돈과 데메테르 사이에서 태어난 딸을 데스포이나(여왕)로 부르기도 하는데, 이는 코레의 또 다른 이름이다.

(5) 포세이돈Poseidon

포세이돈의 이름에 대해서는 많은 설이 있다. 케레니도 말했듯이 그의 이름은 '포테이단'에서 온 것으로 '여신의 남편'이란 의미를 가지고 있으며, 다르게는 파텔(아버지)이라고도 불리었다. 비록 제우스와 데메테르 사이에 코레가 탄생하였지만 데메테르와 포세이돈 데파테르는 의심할 여지없는 한 쌍의 부부이다.

포세이돈은 난폭한 남성의 힘을 발휘하지만 올림포스

의 대신 제우스의 모습과는 거리가 멀다. 데메테르가 제우스와 함께 이미 코레를 탄생시킨 후여서 제우스는 포세이돈을 부정한다.

말은 그리스 인이 갖고 왔다고 한다. 그래서 말의 심벌로 통하는 데메테르와 포세이돈 한 쌍은 원초의 형태가 아니고, 그리스 인에게 수용된 형태이다. 말 이전에는 그리스 인의 이야기에 양이 항상 등장했다. 포세이돈에게는 양의 이야기가 언제나 따라다닌다.

레아는 남편인 크로노스로부터 자식들을 보호하기 위해 알네(양의 샘)란 곳에 있던 양의 무리 속에 포세이돈을 감추었다. 또 휴기니스에 의하면 포세이돈은 아름다운 테오파네(트라키아의 왕 비살테스의 딸)를 납치하여 양의 섬으로 데리고 가서 양으로 변신시키고 자신도 수컷 양으로 변신했다. 섬사람들도 양의 무리로 변신시켰다. 양 무리 속에 숨어 추격자의 눈을 피한 것이다.

이 이야기는 데메테르와 말의 모습으로 결혼했다는 이야기와 비슷한 형태이나 더 오래된 것으로 보인다.

포세이돈의 정처正妻는 바다의 여신 암피트리테이다. 그 사이에 아들 트리톤이 있다. 이미 아테나의 이야기에서 말했듯이 트리톤의 이름의 배경에는 처녀, 님프, 노인이라는 여가장의 삼면상이 숨어 있다. 암피트리테는 즉,

여가장이기도 한 것이다.

하데스, 포세이돈, 제우스 3형제는 아버지 크로노스를 제거한 뒤 지상지배권은 공동으로 했으나, 하늘은 제우스, 땅 밑은 하데스, 바다는 포세이돈으로 지배를 나누었다.

포세이돈과 암피트리테는 제우스와 헤라의 사이처럼 원만하지 못했다. 암피트리테는 포세이돈을 피해서 바다 끝 아틀라스(일설에는 오케아노스)까지 도망치고 피했다. 이 점에서 데메테르와 암피트리테는 같은 양상을 보이고 있다.

포세이돈의 딸 로데는 로도스 섬의 님프이고 후에 태양신 헬리오스와 결혼했다. 이 이야기는 그리스 신화에서는 단편적인 삽화 정도로 짧게 소개되어 있다. 어찌되었건 포세이돈 신화에 로도스 섬이 관련되어 있는 것은 명백한 일이다.

제우스 중심의 올림포스 신화(현재의 그리스 신화)가 성립되기 전에는 포세이돈보다 암피트리테를 중심으로 한 바다의 신화가 있었으리라고 생각된다.

(6) 헤라Hera

크로노스와 레아의 자손 중에서 헤라는 장녀이고 제우

스는 막내아들이다. 휴기노스가 전하는 바에 의하면 제우스가 태어났을 때 헤라가 모친 레아에게 "막내 남동생을 자기가 돌보게 해달라"고 부탁했다고 한다. 여러 가지 다른 전승이 있으나 호메로스는 헤라가 제우스를 먼저 원했다고 전하고 있다.

또 다른 전승인 알고리스의 이야기에는 어느 날 '옥좌의 산'에 헤라가 혼자 올랐다가 두 신의 관계가 시작되었다고 전한다. 제우스가 새로 변신하여 헤라의 무릎에 앉은 다음 갑자기 본래의 모습으로 돌아가서 헤라를 아내로 삼았다는 것이다. 그곳은 후에 헤라의 신전이 건립된 장소라고도 한다.

많은 전승에서 이 둘의 혼인은 오랫동안 비밀로 되어 있었다고 전한다. 사모스 섬(오늘날 터키의 서해편)에서 두 신은 결혼했으나 300년 동안 그 사실은 밖으로 드러나지 않았다고 한다. 비록 아내와 남편이었지만 둘 사이는 냉정했고 서로 질투에 휩싸여 보복을 하는 경우조차 있었다.

자식에 있어서도 제우스가 아테나를 머리에서 탄생시켰을 때 격분한 헤라 또한 제우스와 상관없이 혼자서 델포이의 튀파이온, 헤파이스토스, 아레스를 낳았다. 제우스와 헤라의 감추어진 결혼은 크레타 섬과 미케네가 아카이아 인에게 정복당한(기원전 1500년 안팎) 후에 생긴 신화라고 할 수 있다.

헤라의 이름은 헤로스Heros의 여성형이다. 헤라의 배후에도 여가장제의 그림자가 드리워져 있다. 헤라를 숭배하는 문화는 아르고스에서 동쪽 지중 해와 에게 해의 로도스, 사모스, 낙소스, 크레타 섬들에까지 퍼져 나갔다. 사모스 섬의 헤라 신전의 원천은 기원전 1500년경이라고 한다. 호메로스는 헤라가 좋아한 영역으로 아르고스, 스파르타, 미케네를 꼽고 있다.

헤라의 이름에 관한 기원에는 'He Era(대지)'의 생략된 어형이라는 전승도 있다. 헤라 역시 가이아, 데메테르와 같이 대지의 어머니라는 의미를 담고 있는 것이다.

헤라의 땅(아르고스와 미케네)은 아카이아(그리스) 인의 땅이었다. 그리스 신화의 많은 이야기를 완성한 호메로스가 살았다는 아테네와는 다른 아카이아 계의 땅이다.

인간의 역사적 배경에 따라 신들의 이야기도 정치적으로 다른 성향을 띤다. 제우스가 헤라에게 냉대했다거나 헤라가 제우스를 먼저 유혹했다는 것은 호메로스의 《일리아드》가 아카이아 군주 아가멤논을 다룰 때도 나타나는 성향이다.

(7) 헤파이스토스Hephaistos

대장간 신 헤파이스토스는 장애를 지닌 난쟁이 이미지로 널리 알려져 왔다. 발바닥과 발톱이 뒤로 휘어진 헤파이스토스의 모습이 그려진 항아리가 있고 화가들의 그림에서도 그렇게 표현되고 있다.

헤시오도스에 의하면 제우스가 혼자 아테나를 생산한 것에 노하여 헤라가 그 분풀이로 제우스와의 관계없이 혼자 헤파이스토스를 낳았다고 한다.

헤파이스토스는 두 번이나 바다에 던져진 적이 있다. 한 번은 장애를 싫어한 헤라에 의해, 또 한번은 제우스와 헤라가 다툴 때 그가 헤라의 편을 든 데 격분한 제우스에 의해서였다. 그를 구한 것은 처음엔 바다의 여신 테티스이며, 두 번째는 렘노스 섬의 사람들이다. 이 이야기의 배후에는 그리스의 치금술治金術이 에게 해의 섬들을 경유했다는 사실이 숨어 있다.

대장간은 불과 관계가 있고 화산과도 연결된다. 헤파이스토스 신앙은 소아시아에서 시칠리아 섬까지 퍼져 있으며, 주로 화산지역이 무대가 되고 있다. 로마 시대 헤파이스토스는 불과 화살의 신으로 비유되었다.

헤파이스토스의 그리스 신화에서의 위치는 순탄하지도

아름답지도 않다. 재주와 기술(기능)은 뛰어나지만 한과 애증에 사로잡혀 있다.

헤라 신은 헤파이스토스가 만든 옥좌에 앉았을 때 갑자기 쇠사슬에 묶이게 되었다. 헤라를 구하기 위해 신들은 헤파이스토스에게 아프로디테와의 결혼을 약속했다. 그의 처 아프로디테가 아레스와 밀정을 나누었을 때도 두 남녀는 그가 만든 보이지 않는 투명한 쇠올가미로 침대에 묶였다. 이것을 푸는 조건으로 포세이돈으로부터 보상을 보증받기도 했다.

(8) 아레스Ares

그리스 어로 '가해자란 뜻'인 아레스는 말하자면 그리스 순종이다. 그러면서도 올림포스 12신 중에서 가장 역할이 없는 신이다. 호메로스 때는 12신에 속해 있었지만, 트라키아 왕 디오메데스가 아레스의 자식이라는 전승이 있듯이 아레스 신앙의 본거지는 트라키아(발칸 반도 동부)인 것 같다.

호메로스의 《일리아드》에서 표현된 바로는 군신 이미지에 맞지 않고 디오메데스의 창끝에 약간만 찔려도 큰 비명을 지르며 달아나기도 하는 신으로 그려져 있다.

이 좋지 않는 평판도 당시의 역사적인 배경과 연관이 있어 보이는데, 아레스가 트라키아 출신이라는 것과 호전적이라는 것이 평화를 갈구하던 시대의 아테네 시민들의 성향에 맞지 않은 까닭인지 모른다. 그러나 군인의 역할이 강조되었던 로마시대에는 군신 마르스로 호칭되며 거의 제우스에 버금가는 명성을 얻었다.

(9) 헤르메스Hermes

12신 중에 가장 유쾌한 존재이다. 태어나자마자 아폴론을 상대로 매우 교활한 지략을 쓰고 도둑으로서의 교섭을 감행하는 헤르메스는 12신 중 가장 생생하게 민중과 상통하는 생각과 행동을 취한다. 헤르메스는 본래 '생식과 풍요의 신앙을 가진 남근 석상石像에서 출발하여 발전한 신'(그레보스)이다.

헤르메스의 어머니인 마이아는 아르카디아(펠로폰네소스 반도의 중부)의 산중 동굴에서 헤르메스를 낳았다. 즉, 헤르메스 신앙의 본거지는 아르카디아였고 이곳에서 에게 해 섬들까지 전파되었다.

그때는 아마도 이 지략의 신이 헤르메스란 이름을 가지지 못했던 때라고 본다. 처음에는 헤르메스 대신에 토속적인 헬마(모난 기둥)라는 이름에서 이 메신저의 이미지가 출발했으리라 생각한다.

고대 그리스의 역사가 헤로도토스는 《역사》에서 '헤르메스 상이 본래 아테네 주변의 섬에 살고 있던 펠라스고 인의 신앙이다.' 라고 기록하고 있다. 헬마는 길가의 목장에 세워져 풍요를 기원했다. 길가에 서 있었기 때문에 헬마는 길을 안내하는 전령으로서의 의미를 지니고 여행자와 상인을 지키는 신으로서 헤르메스로 발전해 나갔다.

(10) 아폴론Apollon

제우스 다음으로 그리스 인에게 존경받는 신이 아폴론이다. 아폴론은 제우스와는 다른 기원을 가지고 있다. 그리스 어원을 지닌 아레스가 그리스 인에게 그리 의미가 없고 오히려 다른 종족의 기원을 지닌 아폴론이 듬뿍 사랑받는다는 것이 흥미롭다.

신화의 세계에서도 현대의 패션 또는 가요계의 가수처럼 종종 뚜렷한 이유없이 인기도가 오르내린다.

아폴론이라는 그 이름도 그리스 어가 아니다. 높은 인기 때문에 그리스 문학자들은 어떻게든 아폴론의 그리스적 어원을 찾으려고 Apollyon(멸망시키는 자) 또는 도리스의 방언인 Apella(집회)에 착안했으나 억지로 갖다 붙인 것이라고 보는 견해가 많다.

아폴론의 출생에 대해서 '휴페르보레오스(그리스 시대 극북의 사람)의 전설'에서는 먼 북방의 출생이라고 되어 있다. 그러나 어머니인 레토와 같이 생각한다면 소아시아로 그 기원을 거슬러 올라갈 수 있다.

레토는 남풍에 실려 델로스 섬(에게 해의 한가운데 섬)에 왔다. 그곳에서 아폴론을 낳았다. 이집트 팔레스티나에는 대추야자와 올리브의 풍요를 상징하는 라트라는 이름의 여신女神이 있다. 로마에서는 레토를 이 이름에 가까운 라트나(여왕 라트)로 불렀다. 레토는 델로스 섬의 쿤토스 산 북쪽의 울창한 올리브와 대추야자 나무 그늘에서 아폴론을 낳았다.

또는 아폴론의 어원을 사과Apol에서 찾을 수 있다고 하는 사학자 그레보스의 설이 있다. 레토와 아폴론 모자는 식물 재배에 관련되는 소아시아 계의 신에 그 뿌리를 둔 것으로 해석되기도 한다.

'아폴론 북방계 설'은 아리스텔레스의 《동물지》가 전하고 있다. 레토는 제우스에 의해 12일간 늑대의 모습으로 지낸 적이 있는데, 그때 휴페르보레오스에서 델로스 섬으로 왔다고 한다. 델로스 섬은 에게 문명 때부터 열려 있었고 기원전 1000년경에 그리스 인이 들어왔다.

특히 이오니아Ionia(에게 해에 면한 터키 서부 지역)가 발전하면서 그 중계지로서 번영했다. 아테네 전성기 때 이오니아를 통합했던 '델로스 동맹'이라는 이름이 말해주듯 델로스 섬은 그 시절 에게 해에서 중심적 위치에 있었다.

레토가 소아시아의 루키아로 갔다는 전승도 있다. '루키아'가 그리스 어로 '늑대의 나라'라는 뜻이 있어 추정이 그럴 듯하다.(케레니) 이를 종합하면 아폴론 북방설은 동지중 해에 확대된 휴페르보레오스 전승에 의한 것이고, 후에 루키아와 델로스로 연장되어 소아시아의 에게 해 선상에 있던 아폴론 모자의 근원지가 되는 것이다.

아폴론 신전은 델포이 쪽이 유명하고, 그 외 델로스 섬과 이오니아의 밀레투스(이오니아 남쪽) 것도 알려져 있다. 신화에 의하면 아폴론은 태어났을 때 곧바로 싸우지 않으면 안 되었다. 즉 가이아의 자식으로 龍룡의 모습을 한 퓌톤 때문이었다. 퓌톤은 레토를 추격하여 아폴론의 탄생을 방해하려고 했다. 아폴론이 퓌톤을 퇴치한 것은 태어나고 겨우 4일째 일이었다.

퓌톤은 델포이에 살고 있었다. 델포이는 본래 퓌토라고 불리었고 대지 모신 가이아가 다스리던 땅이었다. 그래서 퓌톤을 퇴치한 아폴론이 이곳을 점거하는 이야기는 또한 여가장 제도에서 부가장 제도로 바뀌는 역사의 한 면모를 말해주는 것이다.

어떤 전승에서는 용이 자웅(♂♀)의 한 쌍이었다는 설도 있다. 암컷 용을 델퓨네라고 했고 수컷 용을 튜폰이라 했다. 아폴론이 퇴치한 것은 델퓨네다. 델퓨네는 이 지방의 이름 델포이와 같고, 자궁을 표현하는 옛 고어와 관계가 있다.(케레니) 델퓨네를 퇴치하여 델포이를 점거한 것은 퓌톤 퇴치와 같은 뜻이 된다.

(11) 아르테미스Artemis

제우스와 레토 사이의 딸이자 아폴론과 쌍둥이로 태어난 아르테미스는 그 신화적 본성에서 말하면 아폴론과는 대조적인 여신이다.

아르테미스는 태어난 후 곧 어머니를 도와 좁은 해협의 건너편에 있는 델로스 섬으로 갔다. 아르테미스는 레토나 아폴론과 같이 소아시아에서 펠로폰네소스 반도로 그 신앙권을 넓혔고 세 가지 성정의 여신상을 내포한다.

우선 가부장적 3대로서는 우라노스, 크로노스, 제우스의 계열이 생기고, 그 옆에 병행해서 가이아, 레아, 헤라의 여부장적 3대가 놓이게 된다. 그러나 이미 봤듯이 헤라 외에는 가이아와 데메테르와 같이 1, 2대의 모녀, 레토와 아르테미스와 같이 2, 3대의 모녀 계열이 생기고, 3대째의 아르테미스는 영원한 처녀로 불리게 되었다.

아르테미스가 가진 사냥 신(야수를 통솔하는 여신)의 성격은 크레타 섬의 것이었다. 그것은 펠로폰네소스 반도의 미케네 문명시대까지 거슬러 올라가면 크레타 섬의 미노아 문명시대에도 가 닿는다.

아르테미스는 그리스 본토에서 특히 존경받으며, 아테네에는 그녀를 기리는 여러 제전이 있다. 또 연고지인 펠로폰네소스 반도에서 뿌리깊게 존경받았다. 아테네의 바다인 아이기나 섬에도 아르테미스 계의 여신인 아파이아 신전이 있다. 아르테미스는 대모신에서 젊은 처녀의 상으로 순화된 여신이었다.

(12-1) 헤스티아 Hestia

올림포스 12신 중 헤스티아는 가장 후에 형성된 신이다. 호메로스의 《오디세이》 제6권에서 오디세이가 화로의 신성함을 기원하는 장면에서는 아직 헤스티아의 이름이 나타나지 않는다. 헤시오도스의 《신통기》 이후에야 비로소 헤스티아의 존엄함을 노래하고 있다.

헤스티아는 화로의 여신이자 아테나, 아르테미스와 같이 처녀 신으로서의 명성을 높여 왔다. 화로는 본래 한 집안의 생활의 중심이다. 도시국가 또는 도시국가연합의 집회 때도 건물의 노변에서 헤스티아를 제사지내 그 권위를 나타냈다. 헤스티아의 신앙은 이와 같이 종교적이며 국가적인 것이었다. 대신 신화와는 관계가 얕다고 볼 수 있다.

(12-2) 디오니소스 Dionysos

올림포스 12신 안에 헤스티아 대신 디오니소스를 넣는 때가 있다. 헤스티아가 그리스 도시국가의 정치적인 작위에서 가정의 신성함을 강조하기 위해 생긴 신이다 보니 신화 속에서 뚜렷한 특성이나 신비성을 띤 이야기가 없기 때문이다.

디오니소스는 인위적인 헤스티아와 반대로 충분할 만큼 신화적인 존재였다. 그 이름의 등장도 흥미롭다. 미노아의 선문자 해석에 의하면 기원전 13세기에 디오니소스의 이름이 펠로폰네소스 반도에서 전해 내려오는 이야기에 등장한다.

디오니소스라는 이름은 제우스(하늘)를 말하는 dieu, diu와 아들을 말하는 nuso에서 온 것으로 생각된다. 프리지아

어에서는 그는 Dionusis였고 이것은 곧 천신Dios이었다. 이름의 분석대로라면 디오니소스는 영락없는 천신의 아들이다.

그러면 그의 탄생과 어머니는 어떠한가? 그리스 신화의 신들의 계보를 보면 제우스의 형제 혹은 그 자식이면서도 올림포스 12신에 못 들어간 한 쌍이 있다. 제우스의 형 하데스와 제우스의 딸 페르세포네(코레)다. 명계를 지배하는 왕과 여왕으로서의 이 한 쌍은 올림포스의 신들 세계에는 속하지 못하고 있다.

그리스 신화에서는 레아(조모), 데메테르(모), 페르세포네(딸)라는 3대의 여신이 나타나고 있다. 먼저 레아의 존재와 그 이야기, 다음은 페르세포네가 나타나고, 데메테르는 더 세월이 지나서야 두 신을 연결짓는 존재로 나타나게 된다.(케레니) 디오니소스의 생모로 전해지는 세멜레의 이름도 대지 모신을 뜻한다.

디오니소스 신앙이 그리스에 전해진 것은 대략 기원전 7, 8세기경으로 생각되나 그리스 신화에 더해진 것은 그보다 이른 기원전 6세기 초이다. 현재 우리가 알고 있는 종합적인 형태를 갖춘 그리스 신화에서는 디오니소스 이후 그의 모친인 데메테르와 디오니소스의 관계가 성립된 것을 알 수 있다.

그런데 디오니소스가 헤스티아로 인해 그 입지가 흔들린 것은 이미 기원전 5세기 말경부터이다.

충분한 신화적인 요소를 가진 디오니소스의 특징은 포도주였다. 포도주에 취한 마이나데스Mainades(열광하는 여인들)가 광란의 춤을 추는 디오니소스의 축제는 종교, 정치, 도덕성에서 위험시 되었으며, 인간에게 필요한 화로와 부엌의 상징인 헤스티아보다 훨씬 경계의 대상이었던 것이다.

그러면 포도주 또는 포도 나무와 그에 관한 신앙은 언제 어떻게 그리스 인에게 들어오게 되었을까. 포도는 흑해 남쪽에서 재배되어 팔레스타인을 경유하고 리비아에서부터 크레타 섬으로 전달되어 그리스 본토에 들어왔다. 에게 해에서 청동기가 성행하게 된 기원전 2300~2000년경으로, 크레타 문명이 발생한 시기이기도 하다.

이때쯤 에게 해 시장의 상품은 조개류, 포도주, 기름, 납, 양모 등이었다. 루키아노스가 전하는 디오니소스 전의 '세계회유담世界回遊譚'에는 팔로스 섬이 나오는데, 나일 강 델타 지역에 자리잡은 청동기시대 최대의 무역항으로 묘사된다.

이 시기에 대해서 J. E. 해리슨은 《그리스 종교연구서설》1922에서 흥미있는 사실을 제시하고 있다. 디오니소스가 처음엔 '비어(맥주)의 신'이었으나 후일에 '오이노스(포도주)의 신'이라는 신격으로 격상되었다는 것이다.

이에 관해 해리슨은 옛 항아리에 그려진 디오니소스 그림에서 그의 손에 쥐어져 있는 것이 포도 광주리가 아니고 곡물이었다는 점에 포도주 신으로서의 이미지는 나중에 생긴 것으로 보고 있다. 참고로 오이노스는 크레타 어다. 오이노스는 크레타 섬에서 항아리에 넣어져 그리스 본토에 운반되었다.

한편 디오니소스와 관련해서는 양 이야기도 빠지지 않는데 그가 태어날 때부터 따라다녔다. 제우스의 거듭되는 바람기로 또 하나의 자식 디오니소스가 태어나자 헤라는 분노에 떨며 사신을 시켜 디오니소스를 죽였다. 그러나 그는 레아의 도움으로 다시 살아났다.

이런 일이 생기자 제우스는 헤르메스에게 지시하여 디오니소스를 새끼 산양으로 변신시켜 헬리콘(그리스 중동부)의 누사 산에 살고 있는 님프들에게 맡겼다. 디오니소스가 처음 포도주를 만든 것은 이 누사 산중에서였다.

디오니소스의 배경에는 청동기시대의 소아시아 신앙이 있고, 올림포스의 12신에 들어간 것은 민중의 주요 음주가 맥주에서 포도주로 변하고부터라고 전해진다.

그리스 신화의
신과 영웅

　그리스 신화의 반은 신이 아닌 영웅들의 이야기로 형성되어 있다. 아울러 여러 가지 이야기가 혼합되어 더욱 더 걷잡을 수 없이 복잡해지게 된다.

　지역마다 다른 전승에, 또는 지역마다 정치적 특성에 따른 '신대神代'의 주요 유력 신과 인간과의 복잡한 관계와 사건이 설정되는 등 인위적 작위가 중복된 때문으로 보인다.

　그로 인해 매우 다양한 이야깃거리가 만들어졌다. 제우스와의 관계에서 정리하면 다음과 같은 계보가 만들어진다.

■ 제우스와 영웅 그리고 왕가의 시조 계보

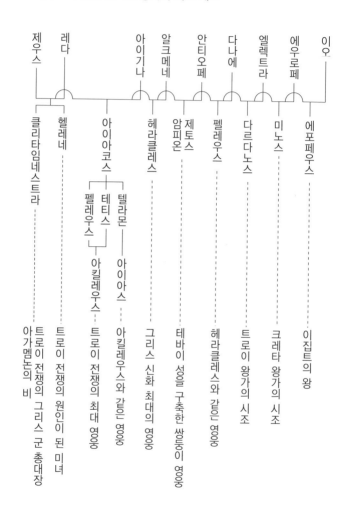

제우스 — 레다 — 클리타임네스트라 … 아가멤논의 비 트로이 전쟁의 그리스 군 총대장

헬레네 … 트로이 전쟁의 원인이 된 미녀

아이기나 — 아이아코스 — 텔라몬 — 아이아스 … 트로이 전쟁의 최대 영웅

펠레우스 — 아킬레우스 … 트로이 전쟁의 최대 영웅

테티스 — 아킬레우스 … 아킬레우스와 같은 영웅

알크메네 — 헤라클레스 … 그리스 신화 최대의 영웅

안티오페 — 암피온 … 테바이 성을 구축한 쌍둥이 영웅

제토스

다나에 — 펠레우스 … 헤라클레스와 같은 영웅

엘렉트라 — 다르다노스 … 트로이 왕가의 시조

에우로페 — 미노스 … 크레타 왕가의 시조

이오 — 에포페우스 … 이집트의 왕

■ 참고 서적

헤시오도스 《호메로스》

슐리만 《트로이 미케네 발굴》

에반즈 《크노소스의 발굴》

벤틀리스 《선 문자 B의 해독》

무라가와 젠타로 《고대 그리스》

히데무라 겐지 《세계의 역사와 고대 유럽》

J. E 해리슨 《그리스 종교 연구 서설》

테미스 G 마레 《그리스 종교 발전의 5단계》

A. B 쿡 《제우스》

M.D 닐슨 《그리스 신화의 미케네 기원》

미노아 《미케네 종교와 그리스 종교의 흔적》

K. 케레니 《그리스 신화와 영웅》

마레 《올림포스 신의 승리》

그레보스 《그리스 신화》

지질학자 G 반다리히 《수컷 소는 에우로페를 어디로 데려 갔는가》